在煙花綻放的季節守護妳

淚光閃閃的夏季

水瀨紗良—著　緋華璃—譯

CONTENTS

第一章　時間停止的那天　007
第二章　為了改變過去　109
第三章　抵達的未來　195
尾聲　259

水面の花火と
君の嘘

MINAMO NO HANABI TO KIMI NO USO

第一章

時間停止的那天

踏出橘色的車廂，眼前是一望無際的綠色風景。

與此同時，暑氣也迎面而來，纏繞著在冷氣車廂裡凍得涼颼颼的身體。

「……好熱！」

忍不住停下腳步，揚起臉。

頭上是無垠無涯，藍得望不見一片雲的晴空。盛夏的陽光毫不留情地直射，蟬聲響徹杳無人煙的月台。

「……一點也沒變呢。」

早瀨瑞希站在月台上喃喃自語。

這個小鎮四面環山，最大的特徵莫過於遼闊的田地與奔騰的河流，還有……一時半刻想不到了。

說得好聽一點是有很多大自然，說得難聽一點則是窮鄉僻壤。既沒有發展，也不會再衰退了。

這裡恐怕從十九年前，瑞希還沒有出生時，就幾乎沒有太大的變化了。

從今以後一定也不會有任何變化，只有時間靜靜地流逝。

不算長的月台響起發車的鈴聲，背後傳來車門關上的聲響。只有兩截的列車又開始緩慢地動起來。

瑞希用手背拭去額頭滲出的汗水，重新背好偌大的體育用品袋，走向驗票閘門，好整以暇地往外走。

穿過小巧的驗票閘門，走出車站。

車站前只有幾間商店，人車稀少。

心想這裡也是老樣子時，身邊響起震天價響的喇叭聲。

「喂，瑞希！你在發什麼呆啊！這邊、這邊！」

有個短髮男子從車身上寫著「兩角拉麵」的小廂型車駕駛座探出被太陽曬黑的臉。是小學、國中都和瑞希就讀同一所學校，以前參加過棒球社的兩角修吾。

瑞希知道他拿到駕照了，但今天還是第一次目睹兒時玩伴開車的模樣。

瑞希走近白色的小廂型車，不讓對方發現自己有些困惑，他露出坦然的表情，打開車門。

「修吾的嗓門還是這麼大呢。」

「什麼？這麼久沒見了，第一句話居然是這個嗎？別忘了我可是特地來接你的喔？」

「我又沒有拜託你來接我。是你說你無論如何都想來接我吧？」

瑞希坐進副駕駛座，關上車門。

「嗄？這是人說的話嗎？你去東京以後是不是變了？說話變得跟東京人一樣冷冰冰的。唉……真討厭，曾經那麼可愛的瑞希同學也染上都會的氣息了……」

「這給你。」

為了制止兒時玩伴的埋怨，瑞希遞出伴手禮。看到點心盒的那一瞬間，修吾的眼神有如孩子般閃閃發光。

「哦！這不是東京香蕉蛋糕嗎！你要給我嗎？」

「你不是說你想吃嗎？」

「沒錯，我說過，我說過！你要搬去東京那天，我在電話裡說過！你還記得啊？瑞希最好了！」

「知道了，快開車吧。」

修吾「是是是」地笑著用流暢的動作握住方向盤。駕輕就熟的動作讓修吾看起來變得好陌生，感覺自己好像被遠遠地拋在腦後。

為了掩飾尷尬，瑞希望向窗外，悠閒寧靜的田園風光開始緩緩地往後流動。

從四月開始在東京一個人生活，距今已經過了四個月。

考上大學，找到打工，也交到幾個新朋友，但他從來不覺得自己「變了」。

就跟這個小鎮一樣，瑞希以為自己肯定也會一直這樣下去，沒有任何改變。

「我告訴忍你要回來，他也很想見你。你會在這裡待到什麼時候？」

忍——宇津木忍跟修吾一樣，都是從小學就認識的同學。不同於孩子王修吾，忍總是很冷靜，是個有點人小鬼大的小孩。

兩個人的個性南轅北轍，不知怎地居然很合得來，加上瑞希，三個男生經常一起玩、一起惡作劇。

忍如今在鄉公所上班。

「大概……一個星期吧。放完盂蘭盆節就得開始打工，到時候非回去不可。」

「打工啊……大學生真好啊。暑假超久的對吧？我家連盂蘭盆節也要開店，幾乎全年無休。啊，這輛車的冷氣壞了，所以如果你會熱，就把窗戶全部打開吧。」

瑞希把原本打開一半的窗戶全部打開，悶熱的風打在臉上。

這輛老爺車是修吾的父親以前開的，真令人懷念。

「你還真的乖乖在拉麵店工作啊？」

「對呀。我爸又住院了，所以我媽把我使喚到不行。」

修吾家開的小小拉麵店，白天是附近小孩或學生聚集的地方，晚上則被一群大叔大嬸當作居酒屋。

高中畢業後，修吾開始代替身體不太好的父親在店裡工作。那家店遲早會由修吾繼承吧。

「我媽會跟客人炫耀喔。」

「炫耀什麼？」

「炫耀你啊。」

「炫耀我什麼？」

瑞希聽不懂這句話的意思，忍不住看著修吾的側臉。修吾手中握著方向盤，笑得露出了潔白的牙齒。

「她總是很驕傲地說，居然能從這種鄉下去東京念大學，瑞希同學真了不起。不知道的還以為你才是她兒子呢。」

「並沒有什麼了不起的。」

他只是不想留在這個令人窒息的小鎮，只是為了逃離這裡才去東京。

瑞希望向窗外。車子再繼續筆直地前行，就會看到一條大河。

可是修吾卻打了方向燈，向右轉。看來是打算避開河邊那條路，走農道回家。

「總之就是這樣，我媽也很想念你。明天晚上可以來我們家拉麵店坐坐嗎？」

修吾面向前方說道。

「可以啊，反正我很閒。」

「那就這麼決定了！我招待你吃我們家的拉麵。」

「好啊。」

瑞希小時候經常在修吾家集合，吃他爸爸煮的拉麵，直到升上國中後依然如此。

可是不曉得從什麼時候開始，三個人開始漸行漸遠。國中畢業後，大家都念當地的高中，只有瑞希考上離家較遠的高中。

從此以後，只剩下偶爾互傳簡訊的交情……一週前，修吾聯絡他，問他暑假要不要回去，他說要回去後，修吾便不給他機會拒絕地說要來接他。

瑞希邊回憶邊看著窗外的景色，說是這一帶唯一也不為過的高樓映入眼簾，是瑞希他們以前念書的國中。

隨著車子行經古老的校舍，生鏽的綠色護欄映入眼簾。瑞希不動聲色地撇開視線。

「瑞希。」

耳邊傳來修吾的呼喚。

「你再也不游泳了嗎？」

修吾大概也想起來了，想起那片護欄對面就是學校的游泳池。

「早就不游了。」

「可是你以前在那個只有幽靈社員的游泳社裡，是唯一一個就連暑假也認真練習的人吧？」

「因為那時候……沒有別的事做。」

沒錯，只是因為沒有別的事情做而已，所以才游泳。所以才每天像個傻瓜似地只知道游泳。

「我還以為瑞希喜歡游泳。」

修吾的聲音迴盪在耳邊。

如果問他喜不喜歡，或許是喜歡的。他可以自信滿滿地說，比起學習或其他運動，他更喜歡游泳。

可是對瑞希來說，有多喜歡游泳，就有多痛苦。

綠色的護欄越來越靠近。

瑞希靜靜地閉上雙眼，腦海中浮現出一張懷念的臉。

「瑞希！」

夏天的太陽好刺眼。光線毒辣。風熱呼呼的。蟬鳴聲震耳欲聾。

潛在隔絕一切的水中，只聽見呼喚自己的聲音。無論潛得再深，瑞希都能聽見那個彷彿要引導自己抵達終點的聲音。

「嘩啦」一聲激起水花，瑞希從水底探出頭來。萬里無雲的天空下，與蹲在游泳池畔，笑得露出一口白牙的短髮女孩對上眼。

女孩是瑞希的青梅竹馬，也是他的同學——楢崎夏帆。

不知怎地，瑞希感到好安心，但又不願讓對方察覺到自己的心情，摘下泳鏡，刻意皺著眉頭說：

「妳又來啦。明明不是游泳社的人。」

「有什麼關係嘛。我是來為你加油打氣的，不然瑞希一個人太可憐了。」

「什麼？我才不可憐，不需要加油打氣。」

瑞希上岸時故意激起大量的水花。夏帆的T恤和短褲都濕了，卻哈哈大笑地說：「好舒服啊！」

瑞希皺眉，心想這傢伙還是那麼古靈精怪時，眼前出現了一枝水藍色的冰棒。

「給你！」

夏帆直挺挺地把冰棒遞到他面前，笑得麗似夏花。

「這是什麼？」

「慰勞品。」

是夏帆經常在學校旁邊小雜貨店買的蘇打口味冰棒。

「你不要嗎？」

眼看夏帆就要把冰棒收回去，瑞希趕緊伸手，硬生生地搶過來。

「我要。」

「不用說謝謝嗎？」

「……好麻煩啊妳。」

「那還給我。」

瑞希用濕答答的手拍掉朝自己伸過來的掌心。

「謝啦。」

「乖！」

夏帆把手收回去，滿意地笑了。

「乖」什麼「乖」啦。兩人明明一樣大，可是夏帆從以前就把瑞希當成弟弟或寵物看待，這點令瑞希很不爽。

夏帆又拿出一根冰棒給瑞希看。

「也有我的份喔。我想和你一起吃。」

瑞希默不作聲，夏帆再次對他露出天真無邪的笑容。

兩人走向游泳池畔的護欄，並肩坐下。

冰棒已經開始融化了，兩人手忙腳亂地吃起來，嘴裡一邊嚷嚷：「融化了！融化了！」

用牙齒咬下一口，水水的蘇打味在口中散開。

「瑞希意外地認真呢。連暑假也每天練習，明明其他社員都沒來。」

夏帆邊吃冰棒邊環顧沒有其他人的游泳池說道。

她說得沒錯，這所國中的游泳社很弱，除了瑞希以外，幾乎都是幽靈社員。等於每天都能獨享學校的游泳池，只有掛名的顧問時不時來瞄一眼，就算偷懶也沒有人會生氣。

可是漫長的暑假，瑞希仍每天來游泳池報到。

「沒什麼……反正待在家裡也沒事做。」

「不用寫功課嗎？暑假作業已經做完了嗎？」

「這句話我原封不動地還給妳。」

「不好意思！我已經做完了。」

「怎麼可能？妳不是一向捍在最後一天才在那邊手忙腳亂嗎？」

「我已經不是去年的我了。瑞希同學也得快點長大才行。」

「妳在說什麼鬼話。」

吃完最後一口冰，瑞希把木棍舔乾淨。

沒看到「再來一枝」的字。

「可是啊……瑞希，因為你很認真地參加社團活動，下次比賽一定能勝出吧？就跟千尋哥一樣。」

聽到夏帆脫口而出的名字，瑞希拿著冰棍的手僵在半空中。

「這麼說來，我們一起看過千尋哥國中時的比賽吧？當時的千尋哥實在太帥了……宛如水中蛟龍似地像這樣撥著水。姿勢比誰都漂亮、速度也比誰都快……」

夏帆模仿自由式的動作，露出著迷的表情。

「所以瑞希也……」

「我沒辦法。」

瑞希打斷夏帆說的話，夏帆不滿地噘起嘴。

「為什麼？瑞希每天都在練習，游得也很快。」

「但我跟哥哥不一樣，我沒辦法拿第一。」

瑞希說著從夏帆身邊站起來。

「你要上哪兒去？」

「回家。」

本來還想再游一會兒，但是拜某人所賜，他的注意力已經被打斷了。

瑞希把毛巾披在肩膀上，撇下夏帆，開始沿著游泳池畔往前走。這時，背後突然傳來一聲大喊：

「啊！」

瑞希嚇了一跳，回頭看，只見夏帆一躍而起，興高采烈地奔向自己。

「你瞧！我的冰棒中獎了！這是我第一次中獎喔！」

都已經是國中生了……瑞希才希望她能快點長大呢。

「這個要怎麼兌獎？」

「只要拿去店裡，就能再換到一根喔。」

「太棒了！那我們走吧，瑞希。現在就去換！」

夏帆一把挽住他的手。

「欸，等等……」

「你不是要回家嗎？那就陪我去嘛！」

夏帆緊緊抓住瑞希的手臂，拖著他走過除了他們倆，沒有其他人在的游泳池畔。

水面倒映著藍色的天空，隨波盪漾。修吾所屬的棒球社正在護欄對面的操場上練習，揚起漫天塵土。

陽光直射腦門，和被夏帆抓住的手臂一樣滾燙。

「幸好我今天有來幫瑞希加油。」

夏帆的笑聲與蟬聲重疊。

「所以是托我的福嘍。」

「是我的運氣好吧。」

夏帆回過頭來的笑臉就像夏天的陽光燦爛耀眼。

兩人一起並肩走回家。

悠閒寧靜的風景、習以為常的對話、理所當然的每一天。

他曾經真心希望這樣的時光能永遠持續下去。

只屬於他和夏帆的時光，要是能永遠持續下去就好了……他曾經這麼想。

「瑞希？」

修吾的聲音令他驀地睜開雙眼。自己好像不知不覺睡著了。

「你家到嘍。」

「啊……嗯。」

瑞希揉著眼睛往外看，眼前是四個月不見的自己家。

瑞希輕聲嘆息，推開車門。修吾靠在方向盤上，目送他下車。

「那我走嘍。」

「嗯。」

瑞希用力關上車門，重新扛起肩上的旅行袋時，修吾對他說：

「瑞希，我……還想跟以前一樣，和你一起玩喔。還有忍，三個人一起漫無目的地騎腳踏車奔馳、吃拉麵、像個傻瓜似地聊到天亮……我想再跟你們一起做這些蠢事。」

瑞希抬起頭來，望向修吾。修吾以正經到不行的表情看著瑞希，厚厚的嘴唇緊緊地抿成一條線。

「……那有什麼問題。」

瑞希細聲細氣地說。

「總之明天見啦。我也很想念忍。」

聽到這句話，修吾的表情為之一亮。總是這麼耿直、這麼好懂，還是跟以前一模一樣。

「好！我來通知忍！」

「……嗯，麻煩你了。」

修吾咧嘴一笑，重新握好方向盤。瑞希對他的側臉說：

「修吾，今天謝謝你來接我。」

修吾豎起大拇指，又笑了一下，驅車從瑞希跟前揚長而去。

瑞希其實都知道。

知道修吾來接他是因為擔心他。知道修吾刻意避開河邊那條路。知道修吾是打從心底真的想再見到他。

瑞希目送修吾的車離去，作好心理準備，伸手推開家門。

瑞希的家是有庭院的舊式日本住宅。

以前祖父母也和他們一起住，兩人在瑞希小學相繼去世後，就只剩下瑞希和父母，還有哥哥千尋一家四口。

「嘰……」門發出鏽蝕的聲音開了。瑞希走在通往玄關的庭石上，長著高大柿子樹的院子映入眼簾。

這時，瑞希發現有個人影正蹲在地上除草。

「……媽。」

瑞希輕聲呼喚，停下腳步。戴著草帽，默默除草的背影並未發現瑞希的存在。

瑞希不發一語地凝視那個背影。被土弄髒的手拔起一棵草，沒有絲毫的猶豫，又拔起另一棵草。

定睛一看，不只雜草，就連應該是自己種的花也被連根拔起。

瑞希緊緊握住汗濕的掌心，這次以清晰可辨的音量又喊了一聲：

「媽！」

背影抖了一下，停止拔草的動作。然後慢慢起身，靜靜地轉過頭來，視線抓住瑞希的身影。

四個月不見的母親好像又瘦了點，或許又不吃飯，令父親傷透腦筋。

瑞希驅散腦中的想法，擠出與往常無異的笑容。
「媽，我回來了。」
母親直勾勾盯著瑞希看，放鬆了臉上的表情。她嘴角流露出一抹笑意，瞇細雙眼，以平靜的語調說：「你回來啦。」
母親的笑臉是瑞希從小看到大的笑臉。
瑞希內心深處燃起一縷微弱的希望。
說不定母親對我……
然而母親的下一句話輕易吹散了那絲微弱的希望。
「等你好久了，千尋。」
母親面向瑞希，如此說道。
「很熱吧？快點進來。我馬上準備涼的給你喝。」
母親滿頭大汗地對他微微一笑。瑞希重新背好險些從肩上滑落的旅行袋，笑著回答：
「嗯。」
母親又微笑了一下，脫下涼鞋，從檐廊走進屋裡。
「爸爸！千尋回來了！」

母親大聲地說。

瑞希佇立在原地。蟬聲唧唧，響徹整個庭院。

母親果然沒有恢復正常，果然還是以為瑞希就是千尋。

「……我就知道。」

這種事，他明明早就知道了。

但還是感覺心裡像是被掏空了。

「瑞希。」

檐廊傳來聲音，瑞希抬頭。父親靜靜地微笑開口：

「歡迎回來，瑞希。」

感覺一旦出聲，眼淚就會掉下來，所以瑞希只是對父親點頭示意。

廚房傳來炸東西的聲音。今天的晚餐大概是炸蝦吧。

瑞希在面向庭院的客廳裡，對牌位雙手合十默禱，猜想著今晚的菜色。

「抱歉吶，瑞希。」

睜開眼，坐在身旁的父親向他道歉，眉毛微微下垂。

「你媽的情況還是沒有好轉。」

「我明白。」

瑞希不再正襟危坐，面向父親說。

「我沒事。」

父親露出悲傷的微笑，拍拍瑞希的肩，又重複一遍：

「抱歉吶。」

這又不是父親的錯。也不是母親的錯。錯的是……到底是誰呢？他也不知道。

「千尋、爸爸！飯做好了！」

廚房傳來母親充滿活力的聲音。

「……你媽今天卯足了勁呢。」

父親壓低音量，竊竊私語。

「明明最近都沒胃口，大概是真的很高興兒子回來吧。」

瑞希的心情很複雜，因為母親等的人不是瑞希，而是千尋。

「我先去了。」

父親起身說道。

「嗯。」

父親推開紙門走出去。目送父親滿頭白髮的背影離開，瑞希又重新面向牌位坐好。

供著花的牌位旁邊擺著祖父母的照片。瑞希一一拿起那些照片，視線移到另一張照片上。

那是一張哥哥千尋穿著簇新西服的照片，千尋在春天明媚的陽光下平靜地微笑。

這麼說來，上次聽父親說，這是千尋大學開學典禮那天拍的照片。

「這樣啊……」

瑞希反應過來，自己也到了跟千尋一樣的年紀。在他心裡，千尋一直是個大人。

千尋大他四歲，個性沉穩、成績優秀，很擅長游泳。不只父母，學校老師和左鄰右舍都對他寄予厚望。

而且性格也好得沒話說，對瑞希和瑞希的朋友都很溫柔。

可是對瑞希而言，千尋是離他最近也最遠的存在。明明住在一起，天天見面，卻又感覺遙不可及。

視線從照片上移開，往房間裡看了一圈。櫃子上擺滿獎盃，牆上也掛著好幾張獎狀，這些都是千尋國、高中時代在游泳社大顯身手的成果。

沒有一個是瑞希的。無論他再怎麼拚命游泳，別說是打破千尋的紀錄了，連靠近千尋的紀錄都辦不到。

即便如此——瑞希想起那年夏天。

四年前，瑞希國中三年級的夏天，剛上大學的千尋不幸發生意外，溺水身亡。

母親因為打擊太大，精神錯亂，至今仍無法接受千尋的死訊，從未坐在這個牌位前。

唯有把另一個兒子視為千尋，才能勉強維持活著的狀態。

「……為什麼啦。」

瑞希的聲音孤零零地迴盪在靜得連一根針掉在地上都聽得見的房間裡。

「你為什麼要死掉啦。」

瑞希用力地握緊膝蓋上的雙手。

「害媽媽哭成那樣，害爸爸那麼傷心，而且還……」

瑞希緊緊閉上眼睛，眼底浮現出白天看到的綠色護欄和藍色的游泳池。

夏帆的笑臉倒映在從水底探出頭來的瑞希眼中。她的笑容扭曲，染上了悲傷的顏色。

「千尋，你在做什麼？快來吃飯！」

母親的聲音令他倏地睜開雙眼。廚房傳來炸物的香味。

「我今天準備了你愛吃的炸蝦喔！」

瑞希放鬆緊握的雙手，朝廚房喊了聲：「我馬上來！」

※

「歡迎光臨……啊，這不是瑞希同學嗎！」

掀開暖簾，走進懷念的店裡，修吾的母親以開朗的聲音說道。

「好久不見了！你是不是長高啦？完全變成大人樣了……」

「您好，好久不見了。」

上次見到修吾的母親或許已經是國中的事了。因為升上高中以後，瑞希再也沒來過這家店。

「哦，瑞希來啦！請坐在那邊稍微等一下。」

修吾一面將拉麵送到客人桌上，一面招呼他。店內已有好幾個客人，看起來很忙。

瑞希點點頭，打算在修吾指定的吧台座位坐下時，正在吃拉麵的男人轉過來說：

「呦！瑞希。」

「咦，欸，忍？」

戴著黑框眼鏡、髮型就像教科書上畫的那樣梳成標準的三七分，打著領帶的青年——居然就是好久不見的忍。

「嚇我一跳。我還以為是哪裡的上班族。」

瑞希苦笑著說，在他旁邊坐下。忍若無其事地吸著麵條，小聲嘟囔：

「因為你完全不跟我們聯絡，上次見面已經是國中畢業的時候了。」

忍的話語刺進胸膛。

「……對不起。」

兩人之間瀰漫著尷尬的氣氛。可是忍說得沒錯，瑞希從未主動說過「來約吧」這種話。就連這次回家，若不是接到修吾的電話，他大概也不會跟他們見面吧。

「不過你看起來很好，那就好。」忍說道。

瑞希點頭附和：

「你也是。」

忍沒有回答，又吃了一口麵。

「瑞希同學呢？你要吃什麼？」

修吾母親的聲音從廚房傳來。

「啊，呃……大碗的兩角拉麵。」

「馬上來！」

修吾的母親精力充沛的聲音迴盪在店裡。修吾的父親不在，但這家店的氣氛還是跟以前一模一樣。

「這是招待你們的！兩個人一起喝吧。」

修吾在吧台上放下兩瓶玻璃瓶裝的可樂。

「不好意思啊，修吾。店裡正忙，我好像來得不是時候。」

「別這麼說，我只要能見到瑞希就很高興了。」

「因為修吾最喜歡瑞希了。」

一旁的忍推了推起霧的眼鏡，喃喃自語。

「你不也是嗎！今天還提早了一個小時來。」

「我只是剛好工作比較早結束，閒著沒事幹。」
「這小子，明明很期待跟瑞希一起吃拉麵，卻因為肚子太餓了，等不到你來就先開動了。」
修吾「哈哈哈」地大笑，忍則是不服氣地哼了一聲。瑞希看著他們，不由得笑逐顏開。
感覺好像回到了國中時代。
「修吾！餃子煎好了！」
「馬上來！」
修吾熟練地將母親煎好的餃子送到客人桌上。
「修吾真的老老實實地在拉麵店工作呢……」
瑞希忍不住感慨良深地說道，一旁的忍答腔：
「對呀。即使他老爸不在，店裡的生意還是很興隆。」
「忍也完全變成社會人士了。你們兩個都好厲害呀。」
「瑞希也很厲害啊！做夢也沒想到你能一個人在東京生活。我還以為你是最怕孤單的那個人。」
忍窸窸窣窣地邊吃拉麵邊說。

瑞希小時候確實想永遠住在這裡。他很喜歡遠處的山、遼闊的田地、大河和住在鎮上的人，完全無法想像自己一個人生活的樣子。

然而，自從升上國中，他開始覺得喘不過氣來。那年夏天以後，他滿腦子只剩下要怎麼離開這個小鎮的念頭。

「久等了，瑞希同學，這是你的兩角拉麵！」

伴隨著修吾母親的招呼聲，眼前多了一個碩大的拉麵碗公，散發出令人食指大動的香味，突然覺得肚子好餓。

「哇！看起來好好吃啊！」

「這個請你吃！多吃點。」

拉麵旁邊還有一盤餃子。

「這是伯母的招待！」

「啊，謝謝伯母！那我就不客氣了。」

瑞希的回應令修吾的母親笑開懷。

「伯母，我沒有嗎？」忍發難。

「你不是一天到晚都在吃嗎？」

「就是說啊。只要你付錢，我馬上煎給你。」

修吾也從一旁插嘴。

「可惡！只對瑞希特別好啊。」

「因為伯母我真的好想念瑞希同學，還要再來喔。」

修吾的母親說道，瑞希點點頭。

「好的，我會再來打擾。」

修吾的母親微微一笑時，又有客人進來了。

「歡迎光臨！」

「歡迎！」

漫不經心地望向店門口，四個穿著工作服的大叔正走進來。看樣子是剛結束工作要回家。

「咦？」

其中一位大叔看到瑞希，大聲嚷嚷：

「你該不會是……早瀨先生家的二公子吧？」

定睛一看，原來是住附近的大叔，其他三個也都是瑞希認識的人。這個小鎮太小了，幾乎每張臉都是熟面孔。

「哦，真的耶，這不是瑞希嗎？我記得你去東京了？」

也因此個資可以說是公開的祕密。瑞希堆起笑臉，回答大叔們的問題：
「放暑假了……所以我回來一趟。」
「這樣啊，你是大學生了。」
「沒想到那個愛哭鬼瑞希居然能獨自在東京生活。」
「長大了呢。」
「五官也長得跟老大越來越像了不是嗎？」
這句話讓瑞希的笑容差點垮在臉上。
大叔們稍微降低音量，面面相覷。
「已經……四年過去啦。」
「我記得是千尋剛上大學的時候。」
「那麼優秀的孩子……真是太可惜了。」
「不過看瑞希這麼健康有活力，叔叔們也放心了。」
瑞希不曉得該擺出什麼表情才好，握緊膝蓋上的雙手。
「這幾位客人，啤酒剛好冰得透心涼喔！請移步到後面的桌子。」
修吾的聲音響徹人聲鼎沸的店內。
「喔，修吾，你很機伶嘛。」

「太好了，開喝開喝！」

大叔們魚貫從瑞希面前走過。瑞希把緊握的拳頭貼近胸口。光是這樣，心臟就噗通噗通地狂跳，吵死人了。

明明早就知道了。知道一旦回來，肯定會聽到這種話。

知道只要是這個鎮上的人，沒有人不知道哥哥千尋的意外，無論過了幾年，瑞希和瑞希的家人都得承受同情的眼光。

「瑞希。」

忍的呼喚令他猛然回神。

「拉麵要糊掉嘍。」

「啊、嗯。」

瑞希連忙拿起筷子，盡量以精神抖擻的語氣說道：

「我要開動了！」

可是也不知道為什麼，明明很美味的拉麵卻一點也不覺得好吃。

「我吃飽了。」

「要再來喔。」

瑞希向修吾的母親道別，與忍一起走出店外。悶熱的空氣籠罩全身，感覺很不舒服。

這時，修吾也追著跑出來。

「我送送你們。」

「可以丟下店裡的事不管嗎？」

「不要緊，接下來只剩收拾而已。」

修吾反手關上店門，解下圍裙，莞爾一笑。

「修吾果然很喜歡瑞希呢。」

忍細聲細氣地說道。

時間還早，但周圍已經黑漆漆、靜悄悄的了。如果是在東京，這個時間依舊人來人往，熱鬧得跟白天沒兩樣。

「有空的話要再來吃麵喔。你要在這裡待上一週左右吧？」

修吾問道，瑞希點點頭。

「嗯。」

「既然如此，也能去看煙火呢。」

忍的提議換來修吾用手肘頂了他一下：「喂。」

修吾大概是顧慮到瑞希吧。可是一直讓他們為自己著想，瑞希也過意不去。

瑞希鼓起勇氣開口：

「如、如果二位不嫌棄……要不要一起去看煙火？」

太久沒約他們了，瑞希尷尬得不得了。

只見修吾狀甚為難地搔著頭回答：

「抱歉……我要開店……」

也是。他們已經不能再像國中那樣，無憂無慮地到處玩耍了。

「那、那忍呢？」

「那個……我……已經有約了……」

忍難得臉紅。修吾用力地拍了忍的肩膀一下，替他回答：

「這小子，大概是跟女朋友約好了。」

「欸，忍，你有女朋友啦？」

瑞希問道，忍沉默不語。修吾又替他回答：

「沒錯，是職場上的前輩，長得超——漂亮的。」

「修吾，你可以閉嘴嗎？」

修吾調侃難為情的忍。這麼說來，國三那年，忍第一次交到女朋友時，也是這樣受到修吾的調侃。

瑞希看著他們，盡可能以開朗的語氣說：

「這樣啊，那就沒辦法了。跟女朋友玩得開心點喔。」

修吾和忍看著瑞希。

「不好意思吶……難得瑞希主動約我們。」

「別這麼說，沒關係。那我自己去吧，反正也沒事做。」

瑞希笑著說，耳邊傳來忍的聲音：

「夏帆呢？」

突然衝進耳朵裡的這個名字讓瑞希定住不動。

「你要不要……約約看夏帆？」

「喂，忍。」

修吾在一旁發出不知所措的咕噥聲。可是忍露出心意已決的表情接著說：

「我一直很在意喔。瑞希，你和夏帆都沒有再見吧？」

悶熱的風吹來，都已經這個時間了，空氣中還殘留著濕濕黏黏的暑氣。

瑞希吸進一口夜晚的空氣，小聲地應了一聲：「嗯。」

夏帆的笑容與悲傷的表情輪流浮現在瑞希的腦海。

忍推了推眼鏡，以正經八百的表情說：

「這件事或許輪不到我多管閒事……但你們的感情曾經非常好吧？所以我實在不忍心看你們就這樣形同陌路……」

「你真的很愛多管閒事耶。」

修吾打趣，忍以冷冰冰的眼神瞪了他一眼。

「修吾不也總是這麼說嗎？」

「我沒有……算了，老實說，我確實也很在意。」

修吾抓亂了一頭短髮。

「瑞希，你再也不想見到夏帆嗎？」

瑞希不假思索地搖頭否定忍的問題。

「我怎麼可能不想見她呢？只是該怎麼說……該說是錯失良機嗎……」

沒錯。瑞希從來沒有不想見她。

可是自從國三那年的夏天起，他就幾乎再也沒有跟夏帆說到半句話，高中也各讀各的，就這麼疏遠了。

他認為……夏帆大概也不想見到自己。

「夏帆的話……現在也還住在這裡喔。」

修吾說。

「高中畢業後，既沒有升學，也沒有找工作，一直在這裡打工。而且打的工也一直變來變去，不曉得她現在在哪裡工作……但應該沒有離開這裡，否則馬上就會從客人口中聽到消息了。」

瑞希吞了口口水。

「夏帆該不會還在等吧？等瑞希主動找她說話。」

「怎麼可能……」

「我也這麼想。」

忍面向瑞希說：

「瑞希也是，你也想跟夏帆說話不是嗎？」

瑞希咬緊下唇，一聲不吭。

「真是的，我知道是多管閒事啦。」

忍扯鬆領帶，嘆了一口大氣。修吾不發一語地仰望天空。瑞希也有樣學樣地揚起臉。

鄉下的天空又黑又暗，與都市濛濛亮的夜空截然不同。

拋棄這個小鎮，逃去東京的瑞希；留在這個小鎮，變得孤零零的夏帆。

光是想到這點，內心就一陣痛楚，卻又無計可施。瑞希對無能為力的自己感到相當厭煩，不禁深深嘆息。

然後三個人開始默默地往前走，也沒有約好下次再見，就各自回家了。

推開老舊的家門進屋時，橘色的燈立即亮起。耳邊傳來啪噠啪噠的腳步聲，穿著睡衣的母親從後面的房間走出來。

「你回來啦，千尋。」

「……我回來了。」

瑞希脫鞋，對母親說：

「妳睡妳的呀。」

「我睡啦，可是聽見千尋回來的聲音……」

母親微笑說道。

「和朋友聚餐開心嗎？」

「嗯。」

「那就好。」

瑞希從母親身旁走過，走向浴室。
「快去睡啦，我去洗澡。」
「好好好。」
瑞希推開浴室的門，背後傳來母親的聲音。
「千尋。」
瑞希的手停在門把上。
「你還沒有要離開吧？」
天氣明明很熱，卻覺得背後涼颼颼的。
「你不會拋下媽媽離開吧？」
「……不會啦。」
瑞希回頭對母親說。
「放心吧，我還沒有要走。」
母親微笑轉身。瑞希打開紙門，走進寢室。
目送母親的背影進房後，瑞希吐出一大口氣，一屁股坐在地上。
「……為什麼啦。」
瑞希抱著膝蓋，縮成一團。

「你為什麼不在啦……千尋……」

母親的時間靜止了。不，不只母親。還有父親和瑞希，夏帆大概也不例外……大家的時間都停在那年夏天。

❋

「今年也一起去看煙火吧。」

想忘也忘不了，那是四年前的八月十日。因為是國中的游泳比賽那天，瑞希記得很清楚。

遠不及千尋游出的紀錄，慘敗而歸的瑞希在學校游泳池游泳時，夏帆來了。明明已經知道比賽的結果，夏帆既不安慰、也沒有鼓勵他，只是跟平常一樣，丟下一句「慰勞品」，遞給他一枝冰棒。

兩人一起坐在游泳池畔吃冰棒時，夏帆說了這句話。

「好不好嘛？就像以前那樣。」

夏帆窺探瑞希的表情，嫣然一笑。

每年八月十五日晚上，流經學校後面的大河都會放煙火。在這個少有娛樂的小鎮，這可是一年一度的盛事。
因此從小時候開始，瑞希每年都會跟哥哥千尋，還有青梅竹馬夏帆一起去看煙火。
「我今年啊，想穿浴衣去。」
夏帆的聲音令瑞希心裡一跳。她以前從來沒有穿過浴衣。
「其實我已經買好了。深藍色的布料點綴著白色和紫色的牽牛花圖案，感覺有點成熟的浴衣。希望能讓我看起來更成熟一點。」
夏帆害羞地呵呵笑。瑞希故意壞心眼地說：
「妳再怎麼努力也還是黃毛丫頭喔。」
「什麼嘛，胡說八道！我已經十五歲了。再穿上那件浴衣，看起來一定很有女人味。」
嘟著嘴抗議的夏帆看起來半點女人味也沒有。
瑞希無奈地長嘆一聲，問夏帆：
「妳為什麼想變得成熟一點？」
只見夏帆頓時瞪大了雙眼，臉頰微微泛紅，回答：
「因為……因為人家想讓千尋哥稱讚我變漂亮了嘛。」

瑞希感覺有一根細細的針刺進自己的胸膛，尖銳的疼痛慢慢傳遍全身，沒多久就變成劇痛。

可惜夏帆渾然未覺瑞希的心情，眉開眼笑地問他：

「放煙火那天，千尋哥會回來吧？」

瑞希百般無奈地回答：

「嗯，他是這麼說的。」

今年春天考上大學的千尋開始在東京一個人生活。相隔四個月再回到故鄉，夏帆似乎也很期待能見到千尋。

「好久沒看到千尋哥啦，之前他忙著備考也沒什麼機會見面。他該不會已經忘了我吧？」

夏帆抓住瑞希的手臂，頻頻追問，瑞希不著痕跡地撥開她的手。

「妳問我，我問誰。」

總覺得心情不太美麗，瑞希撇下夏帆，站起來。

「等一下啦，瑞希！沒必要這樣說話吧！」

夏帆趕緊也起身追上扭頭就走的瑞希，與他並肩同行。

「瑞希，你也會去吧？煙火大會。」

「我不去。」

來不及細想，話已經說出口了。

「咦？」

夏帆一臉震驚地停下腳步，瑞希也在離她幾步之遙的前方停下腳步。

「沒必要永遠三個人綁在一起吧。」

「你為什麼要說這種話？你不想去嗎？」

見瑞希沉默不語，夏帆氣沖沖地對瑞希說：

「那我就跟千尋哥兩個人一起去嘍？」

「隨便妳。」

明明想控制自己的情緒，氣話卻不聽使喚地脫口而出。

「妳打從一開始就只想跟千尋去吧？那就去啊。」

夏帆把嘴抿成一條線，用力推開瑞希的身體。

「好危險……」

瑞希險些失去平衡，夏帆朝他大喊：

「笨蛋！瑞希是大笨蛋！我最討厭你了！」

夏帆跑著離開游泳池畔。瑞希茫然地凝視她的背影。

「……什麼嘛。」

藍色的天空湧現大片山雨欲來的積雨雲。烏鴉高聲鳴啼，不知飛到哪裡去了。

「居然說最討厭我……」

瑞希心浮氣躁地丟掉冰棒的木棍。今天上頭也沒有「再來一枝」的中獎訊號。

「千尋哥、千尋哥的……什麼嘛。」

瑞希的腦海中浮現出夏帆穿著牽牛花圖案的浴衣，與千尋並肩同行的身影。煙火的顏色染紅了夏帆的臉頰，她笑得很開心。

一想到這個畫面即將變成現實，瑞希就覺得坐立難安。

後來瑞希用跑的回家。回家路上下起傾盆大雨，今天做什麼都不順，煩死了。

回到家，瑞希渾身濕透地對母親說：

「我明天要去名古屋的外婆家！」

「啥？」

母親的娘家在名古屋，每年煙火大會後，全家都會一起去外婆家玩。

「你在說什麼呀，瑞希。現在去外婆家還太早吧？千尋也還沒回來。」

「沒關係，我自己先去。」

他再也不想待在千尋即將回來的家裡，說服母親，隔天就獨自搭乘電車前往名古屋。

待在外婆家的期間，他和夏帆一次也沒有通過電話或訊息。

直到八月十五日的深夜，外婆家接到通知，說千尋溺死在河裡。

瑞希在蟬鳴中醒來。

「好熱……」

踢開身上的毛巾被，在墊被上一骨碌地翻了個身。

從窗戶看出去，已經日上三竿了。

「……今天是幾號來著？」

瑞希拿起旁邊的手機，坐起來。

回家後，今天是第三天、還是第四天？

只有第一天見了修吾他們，後來就什麼也沒做，每天不是在家裡滾來滾去，就是陪母親聊天。

「今天也好熱啊……」

這原本是千尋的房間，一切都還維持他生前的樣子。母親這次也在這個房間鋪被子給他睡覺。

從小用到大的書桌、黃綠色的窗簾、塞滿書的書櫃都跟以前一模一樣……

瑞希拋開手機，漫無目的地瀏覽著陳列在書櫃裡的書背，每一本書都好厚、好難的樣子。

直接在地板上爬過去，隨便抽出其中一本書來看。

千尋既是運動健將，也是熱愛閱讀之人。瑞希也嘗試過好幾次，想挑戰千尋看過的書，不料都是一些文字塞得密密麻麻的書，沒有一次挑戰成功。

瑞希隨手翻了幾頁，果然都是一些艱深晦澀的文字，光看就覺得一個頭兩個大。

「我果然沒有慧根……」

瑞希放棄掙扎，闔上書本，正想放回原位時，手停在半空中。

「這是什麼……？」

旁邊的書裡好像夾了一張書箋。不，不對。以書箋來說，那張紙太大了。瑞希拿起那本書，打開來看，裡頭夾著一封信。

給千尋哥

光看到那圓潤的字體，瑞希就知道這封信是誰寫的了。因為他一直守在夏帆身邊，對她的筆跡瞭若指掌。

從還十分稚嫩的筆跡來看，大概是國小高年級的時候寫的吧。

瑞希手裡拿著那封信，不知如何是好。

信已經拆封了，瑞希很想知道內容寫了什麼，但也知道不應該隨便偷看別人的信。可是如果一直夾在這裡，對已經不在人世的千尋也不好意思。

瑞希沉思了好一會兒，小心翼翼地抽出信封裡面的東西，裡頭只有一張粉紅色的信紙。

我今天和瑞希一起去看千尋哥比賽。

小時候的記憶浮現在瑞希的腦海，當時兩人經常去看已經是國中生的千尋比賽。

千尋哥今天也是第一名呢。你游得好快、好驚人，非常帥氣喔！

看著夏帆寫給千尋的信，胸口隱隱作痛。

千尋哥也很會讀書，總是很溫柔，是夏帆最崇拜的人。夏帆最喜歡你了。

今後也會繼續支持你喔。加油！

最後還畫了一隻搖旗吶喊的兔寶寶。瑞希鄭重地看完那個插圖，把信紙摺好，放回信封裡。

這玩意兒，早知道就不看了。

夾進書裡，放回原來的地方。

夏帆最喜歡你了。

夏帆圓滾滾的字體烙印在腦海，擦也擦不掉。

瑞希換下汗濕的Ｔ恤，走出千尋的房間，下樓。

從檐廊望向庭院，母親今天也在除草。

瑞希還住在老家時，母親每天不是烤麵包，就是織圍巾……自從那年夏天起，母親似乎就藉由專注於某件事來逃避現實。

「……媽。」

母親蹲在大熱天的庭院裡，瑞希從她背後喚道。

「可以了，已經很乾淨了……妳會中暑喔。」

母親倏地停下手邊的動作，慢慢地轉過頭來。然後一如既往，溫柔地笑瞇了雙眼，對瑞希說：

「你醒啦。早安，千尋，我馬上準備早飯。啊，已經中午啦。」

聽見母親的聲音，瑞希不禁覺得一股怒氣湧上來，感覺再這樣下去就要爆炸了，於是悄悄把臉轉開。

「不用了，我今天要出門。」

「欸，你要去哪裡？」

「去找朋友。」

明明沒有這回事，但他實在不想再待在家裡了。

「這樣啊，會回來吃晚飯嗎？」

「……嗯。」

「我會做你愛吃的炸蝦，要早點回來喔。」

今天也是炸蝦啊。

「我……其實不喜歡炸蝦……」

「咦？你說什麼？千尋。」

「沒什麼。」

瑞希覺得好想吐，逃命似地奪門而出。

走在日正當中的鄉間小路上，瑞希開始思考。

「乾脆回東京吧……」

高中時代，他恨透了這個家，感覺快要發瘋，一心只想快點獨自生活。可是一旦離家，又很擔心母親，決定回來看看……看來已經到極限了。

其實還想多待幾天，但明天就收拾行囊回東京吧。母親可能會因為千尋不在而傷心，但這又關他什麼事呢？

瑞希停下漫無目的的腳步，眼前是田邊一望無際延伸的鄉間小路，頭上沒有任何遮蔽物，盛夏的艷陽直射腦門。

「口好渴……」

但四周圍別說是便利商店了，連自動販賣機都沒有。

比起走兩步就有便利商店和超級市場的獨居公寓，他真是受夠了什麼都沒有的鄉下。

瑞希嘆著大氣，望向前方。灰色的建築物從遠處映入眼簾，是小時候就讀的國中。

瑞希想起那附近有一家小雜貨店。

「那家店……不曉得還在不在？」

瑞希拖著沉重的腳步，慢吞吞地移動過去。印象中總是一個老婆婆在顧店。久違地過去看看吧。好想喝點東西。

瑞希稍微加快了腳步。

販賣日常用品及食材之類的小雜貨店還在營業。不管是古老的建築物，還是擺放在店門口的老舊板凳，都跟小時候一模一樣。

「得救了。」

瑞希就像在沙漠裡看到綠洲似地衝上前去，留意到擺放在店外的冰櫃。

「喏，這給你。」

夏帆笑著遞出冰棒的模樣浮現在瑞希的腦海。

「冰棒……」

瑞希自言自語，從冰櫃裡拿出一根冰棒。他選了水藍色的冰棒，是夏帆每次買給他吃的蘇打口味。

瑞希拿著冰棒，走進店內，大聲說道：

「有人在嗎——」

數著口袋裡的零錢，朝昏暗的店內喊了一聲。

那位老婆婆還健在嗎？這麼說來，她的耳朵好像不太靈光。

想起這個可能性，瑞希又喊了一聲：

「不好意思！我要買冰棒。」

這次終於有人從店裡走出來。

「……歡迎光臨。」

是年輕女人的聲音，不是老婆婆。大概已經由別人接棒了。

「呃，這個多少錢……」

瑞希問到一半，下半句話就這麼哽在喉嚨裡。從店裡走出來的人看到瑞希，也嚇得停下腳步。

「咦……」

這個聲音是誰發出來的呢？不，或許是兩人同時發出的聲音。

「……夏帆？」

瑞希低語，聲音微微顫抖。

因為留長頭髮、臉型也變得清瘦的青梅竹馬正一臉茫然地站在他面前。

「啊……呃……」

沉默持續了多久呢？感覺好像有一世紀那麼久，但應該只過了一瞬間。瑞希拿著冰棒，支支吾吾地開口。

「夏帆……妳怎麼會在這裡？」

可能是因為店內燈光昏暗，感覺夏帆的臉色很差，表情也很貧乏，眼神了無生氣。

完全感受不到國中時笑得有如陽光般燦爛的痕跡。

「妳是……夏帆吧？」

因為對方一句話也不說，瑞希不免感到不安，眼前的人真的是夏帆嗎？

「我……我是瑞希……」

「一百一十圓。」

耳邊傳來細如蚊蚋，幾乎快要聽不見的聲音。

「一百一十圓。」

「啊，好的。」

瑞希把手裡的零錢遞給夏帆。夏帆攤開掌心，瑞希在她手中放下百圓硬幣和十圓硬幣。

「……多謝惠顧。」

夏帆低下頭去，留長的黑髮遮住她的表情。

簡直像是要隔絕世上的一切。

「夏帆……」

夏帆始終低頭不語。

「夏帆？」

店裡十分安靜，只迴盪著瑞希的聲音。

「夏帆，把頭抬起來。」

夏帆的黑髮微微地左右搖曳。

……她該不會是在向他道歉吧。

瑞希深深地吸進一口氣，內心深處湧起一股說不清、道不明的情緒，忍不住抓住夏帆的手。

「拜託妳，把頭抬起來。」

夏帆的身體驚跳了好大一下，手中的零錢掉在地上，發出叮叮噹噹的脆響。

與瑞希對上眼的那張臉上充滿了驚懼的表情。

「……抱歉。」

瑞希輕聲道歉，放開夏帆的手，耳邊傳來微弱的聲音：

「瑞希為什麼要道歉？」

瑞希心頭一凜，看著夏帆。黑暗中，夏帆淚濕雙眸。

「應該道歉的人……是我吧？」

瑞希拚命搖頭。他從來沒有這麼想過。

「因為，都是我……都是我害的……」

瑞希硬生生地嚥下口水，心臟噗通噗通地狂跳，感覺喘不過氣來。

「都是我害的……是我害死了千尋哥。」

夏帆凝視瑞希，唇瓣不住顫抖。

「夏帆？出了什麼事？」

背後傳來聲音，瑞希猛然回神。轉頭看，拄著拐杖的老婆婆出現在瑞希面前，是這家店的老闆。

「啊……」

瑞希正要開口，夏帆搶先一步撿起掉在地上的零錢，用最快的速度交給老婆婆後，用最快的速度說：

「對不起。我還有事，先回去了！」

「夏帆？」

丟下一頭霧水的老婆婆，夏帆頭也不回地奪門而出。

「夏帆！」

瑞希大喊，但是一點用也沒有，夏帆的身影轉眼間就消失在盛夏的陽光下。

「你是……瑞希同學吧？」

老婆婆對茫然自失地呆站著不動的瑞希說。

「對，是的。」

定睛一看，老婆婆臉上掛著歲月靜好的微笑，慢慢走進店裡，喊了聲「嘿咻！」一屁股坐在折疊椅上。

「我的腳最近不太聽話，現在也是剛從醫院回來。」

「是噢……」

「年紀也大了，所以每週請夏帆幫我顧幾天店。」

難怪夏帆會出現在這裡。

老婆婆從隨身手提包裡拿出水壺，咕嘟咕嘟地大口喝水。瑞希默不作聲地盯著她看。

老婆婆喝完水，開始慢悠悠地說起話來：

「大概是從高中的時候開始吧，我經常看到夏帆愁眉苦臉的樣子。這也難怪，畢竟發生了那樣的事……」

那樣的事……當然是指千尋在那年夏天發生的意外。

「你也很難受吧？聽說你母親的情況還沒有好轉？」

「嗯，對……」

這一帶的人基本上都知道母親的精神狀態很不穩定，把自己關在家裡的事。

瑞希的視線落在手中的冰棒，感覺到冰棒已經開始融化了。

「我啊，很擔心夏帆，一直找她聊天。起初她完全沒有反應，但是隨著時間過去，終於逐漸開始願意說話了。」

老婆婆靜靜地抬眼看瑞希。

「她一定沒有告訴家人或朋友……大概也沒有告訴你吧。」

瑞希咬緊下唇。

「夏帆說過這樣的話喔。」

老婆婆直勾勾地看著瑞希說：

「是我約千尋哥去看煙火，也是我穿著不合腳的木屐出門，所以才不小心掉進河裡，害千尋哥跳下來救我。多虧有千尋哥，我才得救了，但他卻被水流抓住……再也沒有浮起來。」

老婆婆深深地嘆了一口氣。

「一切都是我不好。要是我沒有約千尋哥，要是我沒有穿浴衣，要是我沒有一腳踩空，要是我沒有掉進河裡……一切都是我的錯。我不只害死千尋哥，也害千尋哥的家人變得不幸……」

「不是這樣的！」

瑞希忍不住失聲痛喊。老婆婆只是默默地看著他。

「才不是夏帆的錯，誰也沒想到會發生這種事。」

千尋為了救夏帆，溺死在河裡——得知這個事實時，瑞希當然大受打擊。但他從不認為這是夏帆的錯，爸爸媽媽也沒怪過她，就連千尋，應該也不會後悔自己的選擇。

「只是千尋的泳技……太差了。」

喃喃自語的聲音突兀地迴盪在昏暗的店內。

可是瑞希卻……從未告訴夏帆自己的想法。明知一定得讓她知道才行，卻沒勇氣見夏帆。

耳邊傳來拐杖「咚、咚」地敲在地板上的聲音。老婆婆又喊了一聲「嘿咻！」站起來。

「可是啊。」

老婆婆的聲音迴盪在瑞希的耳朵裡。

「人無法改變過去喔。無論是夏帆、你的家人、還有你……你們都得一輩子背負著那天的事活下去。」

誰也無法改變過去——

一針見血的事實令瑞希低頭不語，看了眼正在融化的冰棒。

下一瞬間，腦海中浮現出某個光景。

刺眼的盛夏艷陽。反射在游泳池水面的光。水藍色的冰棒。生鏽的綠色護欄。

瑞希與夏帆並肩坐在游泳池畔，還有……游泳社的顧問池田老師。

「可以回到自己想回到的過去。」

老師凝視著光影搖曳的水面說道。

「只要在一年一度，那個特別的夜晚，跳進這座游泳池就行了。」

早已忘懷的記憶突然浮現腦中。

想起綿延不絕的蟬聲唧唧，想起融化在口中水水的冰棒滋味，想起夏帆銀鈴般的笑聲：「老師真是的，一本正經地胡說八道。」一切都那麼鮮明——

「可以回到過去……」

瑞希不禁喃喃自語，老婆婆目不轉睛地看著他的臉。

如果——如果能回到過去。

煙火大會那天晚上就能阻止千尋和夏帆單獨出門。就能像往年一樣，三個人一起去看煙火……這麼一來……

就連那麼擅長游泳的千尋都淹死了，就算自己在場，肯定也束手無策吧。

「我能……做什麼呢？」

既然如此，別去看什麼煙火就好了。

「今年也一起去看煙火吧。」

對了，只要回到那天，阻止夏帆去看煙火就行了。

「瑞希同學？」

老婆婆的聲音令他恍然回神。

「你沒事吧？」

「……我沒事。」

自己在做什麼春秋大夢啊？怎麼可能回到四年前改變過去呢？

居然把池田老師的胡扯當真……

瑞希向老婆婆行禮道別：

「那我告辭了……」

從昏暗的店內往明亮的室外踏出一步。

結果自己根本什麼也改變不了。

無論是對父母、對夏帆、還是對死去的哥哥……

頂著令人頭暈目眩的刺眼陽光，瑞希逼自己往前走。

手中的冰棒早已在袋子裡融化了。

「回去吧……」

回家去，回東京的公寓。

瑞希背對國中的校舍，踏上剛才來的路。

「欸，你明天早上就要回去了？」

「……嗯。」

晚飯的餐桌上，瑞希一面用筷子戳著炸蝦一面回答，怎麼也不敢看母親的臉。

「為什麼？你不是說會多待幾天嗎？」

「臨時要打工……非回去不可。」

這種話當然是騙人的。

「怎麼這樣……比起媽媽，千尋更重視打工嗎？」

「老婆。」

父親勸阻方寸大亂的母親。

「他都說想回去了，妳就別再強留了。」

「不行！不可以回去！」

母親突然大喊大叫地站起來。餐桌劇烈晃動，味噌湯和飲料都灑出來了。

瑞希驚訝地抬起頭來。

「千尋！你不可以回去！不要離開媽媽！」

母親衝向瑞希，握緊他的手。

「拜託你！別丟下爸爸媽媽。永遠待在家裡，算媽求你……」

母親拚命抓住他不放，瑞希默默地低頭看著母親。母親的手好冷，感覺好像死人的手。

「夠了……饒了我吧。」

一旦湧起這個念頭，原本壓抑在內心深處的抗議有如洪水潰堤。

「我不是千尋，這點媽媽其實也知道吧？」

母親大吃一驚，抬頭盯著瑞希看。

「千尋已經死了，四年前在河裡淹死了。千尋已經不在人世了。」

「為什麼……你為什麼要這麼說？」

母親喃喃自語，開始用拳頭搥打瑞希。

「你為什麼要這麼說！千尋才沒有死！千尋還活著！千尋怎麼可能死掉！你為什麼要這麼說？好過分！你這個騙子！」

「老婆，別再說了！」

父親衝向母親，抓住她的手。母親像個孩子似地大哭大鬧。

「妳今天太累了，回房休息吧。」

父親攬著母親的肩頭走出客廳。瑞希怔忡地看著父母的背影，陷入沉思。

這個家、這個小鎮已經沒有自己的容身之處了。

「瑞希？我可以進去嗎？」

瑞希在房裡收拾行李時，父親的聲音從門外傳來。瑞希沒有回頭，用手揉揉眼睛回答：「可以啊。」

門「卡嚓！」一聲開了，父親走進哥哥以前的房間。

「……媽媽沒事吧？」

「沒事。吃了藥，已經睡著了。別擔心。」

父親的聲音很溫柔，可惜瑞希無法直視父親的臉。

「不用擔心你媽，你明天就回去吧。謝謝你配合媽媽做的一切。」

瑞希沉默不語地聽父親說。

「也謝謝你賞臉吃了她做的炸蝦。你明明不喜歡，還是勉強自己吃下去吧？不好意思啊，真的很抱歉。」

瑞希用力握緊膝蓋上的雙手。

「別再說了……我根本沒做任何值得爸爸道謝的事。」

瑞希根本沒能為母親做什麼，因為千尋還活在母親心裡。

「我只是……一心想逃走，想逃離這個家……逃離媽媽……所以我根本沒做任何值得爸爸道謝的事。」

瑞希低著頭，自言自語的聲音微微顫抖，不願讓父親看到自己哭泣的臉。

「才沒有這回事呢。瑞希，謝謝你願意回來。」

父親說道，聲音也有些顫抖。

❋

「瑞希！」

在水中總能清楚地聽到夏帆清澈透明的聲音。

瑞希激起水花，把頭探出水面，夏帆與往常無異地笑著。瑞希故意挑眉說道：

「妳又來啦。」

「今天不只我喔。」

夏帆發出滑稽的聲音：「將將將將——」雙手伸向旁邊。只見游泳社的顧問兼理化老師就站在那裡。

「……池田老師。」

池田即使盛夏也穿著白袍，頭髮亂七八糟，戴著黑框眼鏡，總是一臉沒睡醒的樣子。好像還不到三十歲，卻感覺不到一絲年輕的活力。學生們也不怎麼相信他……真要說的話，其實是很瞧不起他。

池田跟其他老師的關係也不是特別好，想必是被迫成為游泳社的顧問，因為游泳社的社員都不來參加社團活動，所以誰也不想當游泳社的顧問——以上是瑞希的猜測。

但就算是這副德性的池田，夏帆也能輕鬆自在地與他聊天。夏帆的溝通能力比瑞希高不知道多少倍。

「午安，瑞希同學。你看起來很有精神呢。」

上次見到池田已經是很久以前的事了。雖說是顧問，也只是掛名而已，所以池田久久才來社團露一次臉，當然也無法教他們什麼。

「我很有精神喔，老師呢？」

「要說有沒有精神嘛，應該是沒有吧。」

如他所說，池田看起來很熱，搖搖晃晃的，一副隨時都要昏倒的樣子，真是太靠不住了。

「老師，如果你很熱的話，要不要下來游泳？」

「才不要，我不會游泳。」

沒錯，池田明明是旱鴨子，卻擔任游泳社的顧問。

「我剛才去買冰棒，剛好遇到池田老師。我告訴老師，我要買冰棒給你吃，結果老師連我的份都一起付錢了。」

夏帆又發出「將將將將」的效果音，秀出平常買的冰棒。

「瑞希同學如果不嫌棄的話。」

池田手裡也拿著相同的冰棒。

「……謝謝老師。」

「因為瑞希同學一直很努力嘛。」

久久才來一次的人知道什麼呀……想是這麼想，但是聽到池田這麼說，瑞希還是很高興。

三人並肩坐在護欄邊，夏帆嚷嚷著：「快融化了、快融化了！」手忙腳亂地從袋子裡拿出冰棒。

「我不客氣了。」

瑞希說道，池田在一旁回答：「請用。」他手中已經沒有冰棒了。

「咦，老師不吃嗎？」

池田回答瑞希的問題：

「我的腸胃不好。」

「老師的身體看起來就很虛弱的樣子呢。」

夏帆笑得前仰後合地說。池田的身材確實很瘦弱，看起來彷彿只要輕輕一推就能推倒。

「嗯，不過還是喝點什麼比較好喔。對了，我有運動飲料，不嫌棄的話請用。」

瑞希拿出尚未開封的寶特瓶，池田露出困窘的表情。

「不行，老師怎麼能拿學生的東西。」

「這麼說的話，老師也不能請學生吃東西吧。」

瑞希給他看冰棒，池田罕見地微微一笑。

「說得也是，那我就不客氣了。不過這麼一來，就失去請你吃冰的意義了。我明明是想犒賞每天都獨自努力的瑞希同學。」

「我已經給他很多犒賞了，老師請放心。」

「少囉嗦啦妳，局外人不要多嘴。」

「什麼嘛！」

夏帆在瑞希身旁氣得跳腳，不服氣的表情跟小孩一模一樣。跟以前一模一樣。感覺池田鬆了一口氣地笑了。

「你們還是老樣子，感情好好啊。」

「哪裡好！」

「對呀！我們只是住在附近，才不得不照顧這傢伙！」
「誰照顧誰呀！」
見兩人唇槍舌劍的模樣，池田這次真的笑開了。
「那我偷偷告訴總是努力參加社團活動的瑞希同學，和總是為瑞希同學加油打氣的夏帆同學一個特別的祕密吧。」
「什麼特別的祕密？」
瑞希與夏帆如出一轍地側著頭反問。
「那是我國中的時候，從游泳社的顧問老師口中聽來的祕密。」
瑞希莫名其妙地看著夏帆，夏帆也看著瑞希。兩人再次露出一臉不可思議的表情。
「瑞希同學和夏帆同學聽過穿越時空或時空旅行這個詞嗎？」
「穿越時空？出現在電影或漫畫裡的劇情嗎？」
「如果是時光機，那我知道。」
池田沒頭沒腦的發言挑起瑞希的興趣，夏帆也探出身子來聽。
「沒錯，就是能回到過去、前往未來的那個。」

「那個有什麼問題嗎？」

池田筆直地伸出手臂，指著倒映天空顏色的水藍色游泳池說：

「這裡可以穿越時空喔。」

「什麼？」

瑞希不由自主地驚呼，夏帆也聽得目瞪口呆。

「可以回到自己想回到的過去。」

池田凝視著光影搖曳的水面接著說。

「只要在一年一次，那個特別的夜晚，跳進這座游泳池就行了。」

融化的冰棒順著木棍流到手上。棒球社的人用金屬球棒擊球的脆響隔著護欄傳來。

「哈、哈哈……」

夏帆的笑聲傳入瑞希耳中。

「討厭啦，老師的表情好嚴肅，我還以為你要說什麼……」

夏帆的聲音在游泳池畔迴盪。

「老師真是的，一本正經地胡說八道。」

夏帆捧腹大笑，一旁的瑞希也跟著笑了。

「就是說啊，這座游泳池怎麼可能讓人回到過去嘛。」

池田什麼也沒說，只是以平靜的表情看著他們。

「這是學校的七大不可思議傳說嗎？我可從來沒聽說過。」

「只能回到過去嗎？比起過去，我更想去未來看看。」

「討厭啦，瑞希，你真的相信老師說的話啊？」

「倒也不是相不相信的問題，只是如果真的要去的話，我比較想去未來。」

「看到自己的未來又能怎樣呢？還是不知道比較好吧。」

兩人開始你一言、我一語地討論起來，池田靜靜地站起來。

「可是如果回到過去，改變過去，未來也會跟著改變。所以不能以開玩笑的心情隨便做決定。」

瑞希停止與夏帆討論，仰望起身的池田。

「所以這是特別告訴你們的祕密，不可以告訴別人喔。要是大家都以開玩笑的心情改變過去，這個世界就會變得亂七八糟了。」

「那為什麼要告訴我們？」

池田回答夏帆的問題：

「因為我相信你們不會胡來。」

「看樣子老師非常信賴我們呢，瑞希！」

瑞希一聲不響地凝視池田，池田再次微笑，對瑞希說：

「而且我總覺得瑞希同學跟我有點像。」

有點像？自己像這個彷彿永遠睡不飽的老師？

「如果有一天，你無論如果都想回到過去，不妨回想我今天說的話。不過也請記住一點，如果改變過去是為了滿足自己的欲望，勢必得付出相應的代價。」

「什麼什麼？什麼代價？聽起來好可怕。」

夏帆說道，舔了舔冰棒，看起來一點也不害怕的樣子。

然後朝開始往前走的池田大喊：

「老師！你要回去啦？」

「對呀，我已經確認過瑞希同學很有精神了。」

「謝謝老師招待的冰棒！」

「不可以讓學校知道我請你們吃冰喔。」

瑞希坐在笑得東倒西歪的夏帆旁邊，低頭看著已經融化的冰棒。

「可以回到自己想回到的過去。」

「……怎麼可能。」

穿越時空根本是無稽之談，是只存在於電影或漫畫裡的天方夜譚。再說，池田明明是理化老師，居然相信這種不切實際的鬼扯，真是太荒唐了。池田老師果然是個怪人，難怪沒有人要理他。

「老師！謝謝你的冰棒！」

池田略略地轉過身來，點了點頭，悄無聲息地消失在游泳池畔。

「哎呀，瑞希的冰棒都融化了！」

「啊，真的耶。」

「你在發什麼呆呀，真是的，反應也太遲鈍了。」

「要妳管，妳也快回去吧。」

「過分！人家好心來幫你加油打氣！」

「我又沒有拜託妳來。」

瑞希與夏帆在游泳池畔拌嘴，他其實非常珍惜這樣的時光。

印象中，那年應該是瑞希國中二年級的暑假。

那天池田告訴他們那個「特別的祕密」，隨即就被瑞希拋到腦後，忘得一乾二淨。

❋

驀地睜開雙眼，已經早上了。

昨晚瑞希想起一堆國中時的回憶，大概是因為在那家雜貨店與夏帆不期而遇吧。

「什麼『特別的祕密』嘛……蠢斃了……」

瑞希望向窗外，母親蹲在庭院裡默默拔草的背影映入眼簾。

看著母親的背影，不知怎地突然覺得好想哭。收拾好行李，沒能與母親道別便走出家門。父親說：「接下來的事就交給我處理。」他決定接受父親的好意。

昨晚已經傳簡訊通知修吾和忍，結果那天以後再也沒見過他們。

「這樣啊，你要回去啦。要再來玩喔。」

「下次換我們去東京找你。」

兩人都這麼說，但真的會有那麼一天嗎？

感覺現在的自己與過去的好友已經不是同一個世界的人了，大概再也無法像國中生那樣，無憂無慮地做蠢事了。

瑞希重新背好肩膀上的行李，慢條斯理地走在鄉間小路上。陽光一早就很強烈，今天大概也很熱吧。

走了一段路，前面就是學校旁邊的雜貨店，瑞希想起昨天在這裡碰到夏帆的事。

「人無法改變過去喔。」

一面回想老婆婆說的話，走過杳無人煙的店門口。

炎熱的陽光普照大地，瑞希的額頭滲出薄薄汗水。

就連待在這裡都令他難以承受，瑞希踢著地面往前跑。

不該回來的，回到這裡只會讓他想起不堪回首的記憶不是嗎？

只會讓他認清自己的無能為力。

「啊！」

瑞希情不自禁地驚呼出聲，停下腳步。杳無人煙的鄉間小路，對面是古老的校舍，眼前是綠色的護欄，以及站在那裡的女人。

「夏帆……」

慢慢轉過身來的人果然是夏帆沒錯。

沒想到會在這裡遇見她。這個小鎮再小，也不可能連續兩天見到同一個人吧？對方肯定也是這麼想的。只見夏帆雙眼圓睜，一臉茫然地注視瑞希的臉，瑞希握緊汗濕的雙手。

夏帆低著頭，一言不發地邁步向前，一步一步走向瑞希。走到一半，瑞希眼前的光景一口氣染上鮮明的色彩。

游泳池的水面倒映出藍色的天空，夏帆拿著水藍色的冰棒，笑意盈然。

瑞希想起來了，也想起當時想永遠和夏帆在一起的心情。

夏帆……

瑞希在心裡呼喚這個名字，沒有發出聲音；夏帆從只能握緊雙手的瑞希身邊走過。

那一瞬間，風吹過原野，吹動夏帆的長髮，瑞希看見順著她臉頰滑落的某樣東西。

夏帆她……在哭？

留下呆站在原地不動的瑞希，夏帆絕塵而去。

夏帆在哭。

從小到大，不管是小學、國中的時候，甚至是千尋出殯那天——瑞希一次也沒看過夏帆的淚水……

夏帆抿緊唇瓣，不發出聲音，隱忍而痛苦地哭泣。

「可惡！」

瑞希握緊拳頭，使勁搥打生鏽的護欄。

驚心動魄的噪音響徹四周。

「為什麼……為什麼……」

好不容易見到面了，這肯定是神明給他的最後一個機會。

「為什麼我卻一句話也說不出來！」

瑞希打從心底厭惡自己。

要不要馬上追上去呢？雖然不知道夏帆往哪個方向走，但應該能馬上追到她才對。

可是就算叫住她，又能怎麼樣呢？該對她說什麼才好？

「人無法改變過去喔。」

只要無法改變過去，就無法改變夏帆，因為千尋已經不在了。

「我根本……什麼都做不到……」

瑞希又搥了護欄一下，深深嘆息，滿頭大汗。

「……要是能回到過去就好了。」

目光呆滯地望向護欄的另一邊，裝滿水的游泳池映入眼簾。

「要是能回到那一刻就好了……」

瑞希喃喃自語，冷不防瞪大雙眼。

有個人正用甲板刷清潔還以為沒有半個人的游泳池畔。

「誰？」

瑞希巴著護欄，睜大眼睛看。

「……池田老師？」

只見挽起白袍的袖子，專心用刷子打掃的人正是游泳社的顧問兼理化老師——池田。

「請問……」

瑞希走向游泳池，出聲輕喚身穿白袍的背影。對方似乎沒聽見瑞希的聲音，頭也不回地刷著腳邊的磁磚。

「請問！你是池田老師吧？」

瑞希大聲喊，刷地板的動作戛然而止。對方這才慢吞吞地轉過身來，推了推移位的眼鏡。

「你是……」

「我是瑞希，早瀨瑞希，以前是游泳社的……」

「哦，我記得你。瑞希同學，好久不見了。」

池田放鬆臉上的表情，走向瑞希。亂糟糟的頭髮和瘦巴巴的體型，還有黑框眼鏡都跟以前一模一樣。

「怎麼啦？瑞希同學，你在這裡做什麼？」

「啊，呃……我回來了，不過現在正要回東京。」

瑞希給他看自己背在肩上的旅行袋，池田無言頷首。

「我確實有聽說你去東京上大學了。」

「……是的。」

「你真的很努力呢。」

瑞希什麼也答不上來，他沒打算努力。就算不是上大學，就算不是去東京，只要能離開這個小鎮，哪裡都無所謂。

「老師呢……還是游泳社的顧問嗎？」

「對呀。」

「社員有增加嗎？」

「有是有，但全都是幽靈社員呢。」

所有人都是嗎？那還真是游泳社的傳統了。

這所國中規定學生一定要參加社團活動，可是也有學生就是不想參加社團。這些學生會選擇就算不去也沒關係，由池田這種老師擔任顧問的社團，成為有名無實的社員。

瑞希的哥哥代表學校到處征戰時，游泳社並不是這樣的社團。

「明明沒有活動，老師還要打掃嗎？」

「要啊，今天想打掃得乾乾淨淨，所以從一早就很認真。」

「為什麼？」

瑞希不解地問道，池田回答：

「因為今晚是特別的夜晚。」

這句話令瑞希心神悸動，又想起直到昨天都被他忘得一乾二淨的回憶。

「只要在一年一次那個特別的夜晚，跳進這座游泳池，就能回到自己想回到的過去。」

真的嗎？真的是真的嗎？

瑞希緊張地嚥了一口口水，蟬聲震耳欲聾。

瑞希戰戰兢兢地開口：

「老師……老師還記得那個『特別的祕密』嗎？」

池田又推了一下眼鏡，一如往常地以飄忽的表情回答：

「你是指穿越時空吧？當然還記得啊。」

瑞希的心跳聲加速了。

池田大概在尋自己開心吧？儘管瑞希已經是大學生了，看在老師眼中，依舊還是小孩子。居然相信那種只出現在漫畫或電影裡的鬼話……

「那是開玩笑吧？」

瑞希情不自禁脫口而出，池田平靜地回答：

「才不是，我沒有開玩笑。」

「人不可能回到過去。」

「為什麼不可能。」

「少騙人了！」

「我沒有騙你。」

池田對無言以對的瑞希說：

「因為我親身體驗過。」

耳邊傳來甲板刷倒在地上的聲音，池田放開刷子問瑞希：「你想知道是怎麼一回事嗎？」

「瑞希同學也知道，我是隻旱鴨子，對所有運動都不在行，也不善與人相處，經常把『反正我……』掛在嘴邊，是個不起眼的國中生。」

瑞希望著游泳池的水面，靠在護欄上聽池田娓娓道來。

天空萬里無雲，感覺陽光與氣溫正逐漸上升。

「只有一個女生願意為這樣的我加油，那個女生跟我截然不同，是田徑社的體育健將，她有很多朋友。」

還以為他要講穿越時空的事，沒想到池田卻聊起女孩子的事。

「為了回應她的期待，我非常努力。就連不拿手的游泳……雖然現在還是很不拿手……暑假也都每天來這個游泳池練習。她每次參加完社團活動，都會來看我游泳，露出陽光般燦爛的笑容，沒多久，我們就開始交往了。」

「等一下。」

瑞希忍不住打斷池田的話頭。

「老師該不會是要炫耀自己的戀愛故事吧？我想聽的是老師回到過去的事。」

池田呼出一口氣，抹去額頭的汗水。

「瑞希同學真是急性子啊。」

「才怪，是老師突然提起女朋友比較奇怪吧……」

但池田不為所動地接著說：

「我們交往得很順利。她就像是我的太陽，可是有一天，我的太陽突然不再照亮我了。」

「咦？」

瑞希看著坐在旁邊的池田，池田目光悠遠地凝視游泳池。

「她出了車禍腳受傷，再也不能跑步了，也失去成為田徑選手發光發熱的未來。」

瑞希一句話也說不出來，池田推了推眼鏡，接著說下去：

「笑容從她臉上消失，原本活潑開朗的她沮喪得就像看到世界末日，我的安慰與鼓勵起不了任何作用。當我覺得一切都要怪那場車禍時，想起游泳社顧問說過的話。」

「游泳社的顧問？」

「是的，顧問看我獨自在游泳池練習，告訴我一個『特別的祕密』……」

想必是瑞希國二時，池田告訴他們的祕密吧。

「所以老師真的試了？」

瑞希迫不及待地問道。池田說得沒錯，自己或許真的很急性子。

「是的，我也認為不可能有這種事，但又覺得如果想救她，我只能這麼做了。所以我鼓起勇氣，跳進游泳池。」

明明不會游泳……還是奮不顧身嗎？

「結果呢？結果怎麼樣了？」

瑞希探出身子逼問池田，池田波瀾不興地回答：

「我真的回到過去了。」

「……真的嗎？」

「真的，我回到她出車禍的幾天前，想盡辦法不讓她發生車禍，結果成功了。」

「真的假的……」

瑞希掌心滿是汗水，喉嚨好乾。

穿越時空是天方夜譚，只會發生在電影或漫畫的世界裡。

他是這麼想的……但池田與往常無異的聲音與表情讓這個天方夜譚聽起來有幾分真實感。

「後來老師又回到原本的時間軸嗎？」

「是的，於是我原本存在的世界改變了。她沒有受傷，還是那個開朗的女孩。」

「太好了……改變出車禍的過去，所以未來也改變了。」

瑞希感同身受地放下心中大石。

「只不過，」

池田對瑞希說。

「天底下不可能有這麼好的事。為了滿足自己的私欲而改變過去，等於犯下無可饒恕的錯誤，必須付出相應的代價。」

「什麼代價？」

「為了讓她得到幸福，我必須變得不幸，大概是這樣吧。」

「……什麼意思？」
池田望著游泳池盡頭的藍天說：
「她在田徑賽中一次次刷新紀錄，受到大城市頂尖學校的青睞，希望她能去讀書，可是她猶豫著要不要繼續升學。」
「為什麼？去大城市絕對比待在這種鄉下地方好吧。」
「那是因為……我在這個小鎮。」
瑞希倒抽了一口氣，凝視池田的側臉；池田的表情文風不動。
「所以我向她提分手，因為我認為她應該朝未來的夢想前進，不該為我這種人留在這裡。」
池田說到這裡，聲音被蟬鳴淹沒。陽光好刺眼，天氣好熱。
「所以呢……她和老師分手，去了大城市嗎？」
「是的，她現在已經是舉世聞名的頂尖運動選手。」
池田說到這裡，嘆息般吐出一口大氣，表情看起來非常寂寥。
瑞希覺得池田說不定還愛著那個女生。
「怎麼會這樣……老師不惜回到過去拯救她……老師應該也有得到幸福的權利才對。」

瑞希抓住池田的白袍。

「你沒有告訴她嗎？是你阻止了那場車禍發生。」

「沒有，她什麼也不知道。不管是我回到過去、改變未來的事，還是拯救她免於發生車禍的事。」

「為什麼？只要告訴她，老師就能成為她的英雄了。」

「我說不出口。」

「為什麼？」

「因為對現在的她而言，從沒有發生過受傷的事，所以根本不需要知道。而且我強調過好幾次了，改變過去是一件不可饒恕的事，所以我沒有告訴她，也沒告訴過任何人。目前看起來雖然一切都很順利，但只要稍微出現一點點破綻，世界就有可能天翻地覆。」

「你說得太誇張了……」

不過瑞希也在科幻電影裡看過，不能與回到過去的自己見面、不能改變過去等等；或是因為改變過去，不是自己消失，就是導致世界滅亡……

「所以我認為這樣就好了。如果她因為車禍受傷，或許我能一直守在她身邊……但我還是比較想看到她生龍活虎的樣子。」

瑞希無言以對。

池田發出細微的聲響站起來，拿起甲板刷，又開始打掃。

「因為今晚是特別的夜晚。」

瑞希想起池田剛才說的話。

難道今晚就是池田口中「可以回到過去的那天」嗎？

「池田老師！」

瑞希也站起來。

「今晚跳進游泳池……就能回到過去嗎？」

池田靜止不動，慢條斯理地轉過身來。

「沒錯，今晚就是『那一天』。可惜我已經回不去了，從過去回來以後，我嘗試過好幾次，但是再也回不去。或許每個人一生只有一次機會吧。」

「那……」

心臟噗通噗通地跳得好快，汗水從額頭滴落。

「我也能回到過去嗎？」

池田目不轉睛地凝視瑞希，然後靜靜開口：

「瑞希同學不是要回東京嗎？」

原本是這麼打算，可是……

「我剛才也說過，就算回到過去，也不見得能得到幸福喔。」

「可是……只要能回到過去，我哥或許就不用死了。」

離自己最近也最遠的存在。無所不能，受盡父母和老師、左鄰右舍的稱讚……完美無缺的人。

「這樣啊，真遺憾吶。」

那是國中最後一次比賽的晚上，瑞希慘敗而歸，獨自消沉的他接到千尋的電話。千尋問他比賽結果，瑞希不情不願回答，他其實最不想讓千尋知道。

「反正我永遠也贏不了你，不管是游泳還是學業，一切的一切。」

「你在說什麼呀，瑞希不是比誰都努力嗎？」

「再怎麼努力，只要結果不理想就沒有意義了。」

千尋在電話那頭說道：

「才沒有這回事呢，有些東西比結果還重要。應該也有人覺得比誰都努力的瑞希很了不起。」

「那種人……怎麼可能存在嘛。」

瑞希心煩意亂地掛斷電話，不想再聽到哥哥的聲音。

殊不知那是兄弟倆最後一次對話。

「我想救我哥，想好好跟他說話。」

他其實很清楚，看似天賦異稟、做什麼都不費吹灰之力的哥哥，其實也付出了許多不為人知的努力。

正因為一切他都看在眼裡，才以為只要努力，自己也能跟哥哥一樣光宗耀祖。相信自己也能成為完美的人。

然而，無論再怎麼努力，別說跟哥哥一樣了，連哥哥的車尾燈都看不到……這令他非常難過、非常不甘心，不知不覺開始躲著哥哥。

「而且……我也希望我媽能變回以前那個開朗的母親，還有夏帆……」

變回在游泳池畔呼喚瑞希時那樣……

「我希望她能重拾歡笑。」

能辦到這件事的人，或許只有此時此刻人在這裡的自己。

「我要……回到過去。」

瑞希筆直地面向前方，直視池田。

池田沉默了好半晌後，靜靜地開口：

「這一帶以前有座沼澤。」

池田說道，用甲板刷敲了敲磁磚。

「傳說中，只要在一年一度特別的夜晚跳進那座沼澤，就能回到過去。」

瑞希突然覺得背脊發涼。

想像被黑暗幽深的沼澤吸入的人影，不禁害怕起來。

「瑞希同學，今晚要放煙火對吧？」

「啊，對……」

怎麼可能忘記，每年的八月十五日都是特別的日子。

「這個小鎮的煙火大會從好幾百年前就有了，聽說以前的人是朝倒映在沼澤水面的煙火，縱身一躍。」

「……為了回到過去嗎？」

池田微微頷首。

「趁著煙火升空時，在心裡用力默念想回到的過去，然後跳進沼澤裡。後來沼澤被填平，大家都以為再也無法回到過去了。但這座游泳池代替了沼澤，成為通往過去的入口。回來的時候，只要同樣在煙火大會的夜晚跳進游泳池就行了。」

「利用煙火升空的時候嗎……」

這麼一來就能回到想回到的過去。

身體突然發抖起來，瑞希凝望游泳池，腦海中浮現五顏六色的煙火倒映在水上的樣子。只要跳進那些煙火的倒影裡就行了。

「你沒事吧？瑞希同學。」

池田很擔心他，因為一眼就看得出來他在發抖。

「老師，我……我怕水。」

千尋出事後，河流或海洋自不待言，瑞希甚至連游泳池和浴缸都覺得害怕。明明以前幾乎每天都泡在這座游泳池裡。

「不要逞強喔。」

「我要……逞強。」

現在不逞強，什麼時候才要逞強。

剛才看到夏帆哭泣的臉，以及對此無能為力的自己。

他已經受夠這些了。

他想拯救千尋，尋回夏帆的笑容。

再害怕、再勉強自己，也只能硬著頭皮上了。

「老師，我也來幫忙打掃。」

池田看著瑞希的臉，默默地點了點頭。

瑞希坐在游泳池畔，一面啃著冰棒，一面眺望游泳池的水面。

池田打掃完游泳池後，對瑞希說：「我先回去了，你再仔細考慮清楚。」又補了一句：「不過，我相信瑞希同學一定做得到。」

瑞希問池田最後一個問題：「夏帆知道今晚是『特別的日子』嗎？」當初他和夏帆一起聽到這個「特別的祕密」。倘若夏帆還記得這件事，應該會詢問池田細節，自己跳進游泳池，改變過去才對。

池田搖頭。

「不知道吧，從那天到現在，我不曾對夏帆同學說過細節。她肯定忘了吧。」

說得也是，瑞希也是直到昨天買冰棒的那一刻才想起來。

目送池田離去後，瑞希一直盯著游泳池看，原本想搭乘的那班電車也早就開走了。

剛才實在太渴了，瑞希離開游泳池，去了昨天的商店。從店門口的冰櫃拿出水藍色的冰棒，走進昏暗的店內。

「歡迎光臨。」

顧店的不是夏帆，而是老婆婆。瑞希將手裡的冰棒和寶特瓶裝茶遞到老婆婆面前。

「我要買這個。」

「好的。」

老婆婆收下錢，目不轉睛地看著瑞希，平靜地開口：

「瑞希同學，你……打算上哪兒去？」

「咦？」

心臟漏跳了一拍，難不成……老婆婆不可能知道他接下來要回到過去。瑞希情急之下回答：

「上哪兒去……當然是回東京啊。」

老婆婆繼續一言不發地直盯著瑞希的臉看。

這時，瑞希想起池田說的話：

「這一帶以前有座沼澤，傳說中只要在一年一度特別的夜晚跳進那座沼澤，就能回到過去。」

假如這個傳說是真的……老婆婆說不定也知道回到過去的事。只是因為那個沼澤已經消失，才以為現在回不去了。然而看到瑞希的樣子，或許又感覺到什麼……

瑞希吞了口口水，感覺朝自己投來犀利視線的老婆婆早已洞悉一切。

「……這樣啊。」

過了好一會兒，老婆婆細聲細氣地說道，拍拍瑞希的肩膀。

「小心點。」

不清楚老婆婆這句話是何用意，可能只是瑞希想太多了，老婆婆其實什麼都不知道，但……

「好的。」

瑞希只能這樣回答，走出店外，又坐回游泳池畔。

火紅的太陽正往山的另一邊落下，天空逐漸染上暮色。瑞希咬下一口水藍色的冰棒。

當這片天空變得陰暗，煙火就會升起吧。屆時只要跳進水裡，就能回到過去。

瑞希凝視著游泳池，握緊冰棒的木棍。

直到現在，他依舊無法完全相信這件事，可是池田看來不像說謊。

「就算被騙也不會死……」

說得也是，又不是要他從懸崖跳進海裡。

就算跳進游泳池無法回到過去，頂多也只是晚一天回東京，衣服變得濕答答而已。

「我一定要試試看……」

瑞希用力地閉上雙眼，回想四年前的夏天。國中的游泳比賽是八月十日，五天後就是煙火大會了。夏帆曾經在這裡說：

「今年也一起去看煙火吧。」

夏帆為了得到千尋的讚美還買了浴衣，每句話都令瑞希心煩氣躁，忍不住說「我不去」後，夏帆說：

「那我就跟千尋哥兩個人一起去嘍？」

結果他們兩個人真的去看煙火了。

「就回到那一天吧。」

直接回到煙火大會當天可能來不及，因為不曉得會發生什麼事，必須堵住萬惡的根源。

又過了一會兒，空中傳來「砰、砰！」聲，只聞其聲、不見其形的煙火綻放，示意煙火大會馬上就要開始了。

瑞希吃下最後一口冰，望向手中的木棍。

「再來一枝」

木棍上清清楚楚寫著四個大字。

「很好。」

瑞希把木棍放在護欄底下，慢慢站起來。

游泳池的水面輕輕搖曳，天空曾幾何時已經暗下來了，依稀可見穿著浴衣的男男女女走在護欄另一邊的鄉間小路上。

煙火大會的會場就在這所學校後面的寬闊河邊，從游泳池畔大概也可以清楚看到煙火升空吧。

瑞希凝視著暗色的水面，他在藍天下游過好幾次，但從未在這種時間點游泳。

身體還在微微顫抖。

「這裡真的是通往過去的入口嗎？」

根據自己在這裡游泳的經驗，從未看過任何開口，也沒發生過任何不可思議的現象。

瑞希緊緊握住雙手。

想再多也無濟於事，只能豁出去了。

瑞希移動顫抖的雙腳，靠近游泳池。以前幾乎每天在裡頭游來游去，今天卻看起來好陌生。

簡直就像張開血盆大口的怪物，正打算一口吃掉自己……

「別胡思亂想！」

瑞希搖頭，斥責自己。

母親傷心的表情、父親落寞的表情，還有……夏帆隱忍哭泣的表情。

「都是我害的……是我害死了千尋哥。」

絕不讓夏帆再說出這種話。

砰！

聲音從頭上傳來，瑞希嚇了一大跳，揚起臉，只見空中開出一朵金色的大花。

「開始了。」

瑞希停下腳步，仰望夜空，煙火一朵接一朵在空中盛開。

紅、藍、綠、紫……夜空充滿絢麗的色彩。

巨大的聲響從耳朵傳至體內。

瑞希用力屏住呼吸，視線往下移動。光影搖曳的游泳池水面染上五彩繽紛的顏色，美不勝收。

「夏帆……」

「今年也一起去看煙火吧。」

抱歉，都怪我當時說：「我不去。」

我其實很想去，但只想跟夏帆一起去。

可是我沒有自信，就連現在，我也不覺得自己能贏過千尋。

所以為了讓夏帆每年都能跟千尋去看煙火，為了讓夏帆能穿上牽牛花圖案的浴衣，笑靨如花地走在千尋身邊。

「我一定要改變過去。」

瑞希一腳踹向磁磚，奮力助跑。

在震耳欲聾的煙火聲中，往映著七彩斑斕光影的水面縱身一躍。

啪嚓——

水花四濺，瑞希被吸進水裡。

水……好冷啊……

意識逐漸遠去，瑞希只剩下這個感覺。

第二章

為了改變過去

「……希、瑞希。」

有人在呼喚他。啊，這是夏帆的聲音。

睜開雙眼，眼前是澄澈透明的藍色，這裡是……水裡？

「瑞希！」

望向聲音的來處，明亮的光線從頭上傾瀉而下。

得走了……

吐出的氣息化為泡沫，在眼前散開。瑞希奮力撥開水面，用腳踢水。身體輕盈地向上浮起，再奮力撥水。

瑞希拚命地往光線灑落的水面和夏帆的聲音游去。

「呼……」

瑞希激起水花，從水中探出臉來。

彷彿要刺穿皮膚的烈日。閃閃發光的水面。迴盪在耳邊的喧囂蟬鳴。

「這裡是……」

國中的游泳池。瑞希剛才一躍而入……不，不對，他明明是在放煙火的那個晚上跳進伸手不見五指的水裡，如今頭上卻是光燦耀眼的盛夏豔陽。

「難不成……」

心臟噗通噗通地狂跳，確定自己有腳不是鬼後，瑞希提心吊膽地撥開水面，爬上游泳池畔。

頭髮、臉和身上的衣服都濕答答的，身體軟綿綿，彷彿游了非常長的距離。

「我……回到過去了嗎？」

耳邊響起金屬球棒擊球的清脆聲響，棒球社正在護欄另一邊的操場上練習。

「……我不是在做夢吧？」

瑞希用濕漉漉的手揉了揉濕漉漉的臉。

如果不是在做夢，他真的回到過去了嗎？現在是幾年的幾月幾日？

瑞希突然想起一件事，把手伸進牛仔褲的口袋裡，裡面什麼也沒有。

他在跳進水裡前把手機和錢包全都放在游泳池畔了。

「糟糕了，那我現在該怎麼辦才好？」

瑞希像隻落湯雞地在沒有其他人的游泳池畔走來走去。

得先搞清楚自己是不是真的回到過去的世界了。

瑞希這才發現自己毫無計畫，就算真的成功地穿越時空，也不知道該怎麼改變過去。

「只要稍微出現一點點破綻，世界就有可能天翻地覆。」

這麼說來，池田老師還說過這句話。自己的行為可能會讓未來往無可挽回的方向發展。

「去找池田老師吧。」

穿越時空的祕密不能告訴任何人，說了對方也不會相信吧。但池田老師有穿越時空的經驗，若瑞希說自己是未來人，他應該會相信。

瑞希離開空無一人的游泳池畔，偷偷摸摸地走向校舍。

從操場偷窺位於一樓的教職員辦公室。

辦公室裡只有小貓兩三隻，由此推測學校大概正在放暑假。

黑板上寫著這個月的行事曆與今天的日期。

「八月十日……」

瑞希跳進游泳池那天應該是鎮上放煙火的八月十五日晚上才對……

移動視線，看見貼在黑板旁邊的月曆。

「……真的假的。」

瑞希不由得發出聲音。

今年應該是二〇二三年，但月曆居然是四年前的「二〇一九年」。

「我真的……回到過去了。」

鬆了一口氣，又覺得自己幹了一件了不得的大事，兩種相反的心情互相碰撞，感覺好不舒服。

「池、池田老師呢？」

小心不讓辦公室的老師發現，瑞希東張西望，可是遍尋不得池田的身影。

「沒來學校啊……」

既然如此，只能殺去他家找他了。

雖然從未去過，但瑞希知道池田住在哪裡，因為夏帆以前告訴過他，印象中是位於瑞希家和學校之間的公寓。

「總之只能找上門去了。」

再這樣渾身濕透地在學校裡徘徊，一定會被當成可疑人物。

瑞希走在四周都是稻田的鄉間小路，小心不要碰到其他人。走了一小段路，那家雜貨店映入眼簾，店門口擺著冰櫃，有人坐在冰櫃旁邊的板凳上。

短髮、熟悉的T恤和短褲，那是……

「夏帆。」

情不自禁脫口而出。原本低著頭、坐在板凳上的女孩揚起臉。

慘了，不能見到以前認識自己的人。看到長大的瑞希，夏帆肯定會嚇呆，得快點離開這裡才行……

想是這麼想，瑞希卻動彈不得，因為看著自己的夏帆正一臉隨時都要哭出來的表情。

「怎麼會……」

夏帆不是愛哭的女生。從小到大，不管發生什麼事，她都不會哭。所以最後看到夏帆哭泣的臉才會烙印在他的腦海……

眼前的夏帆先是睜大了雙眼，然後揉揉眼睛，又盯著瑞希的臉看了好半晌。

她的視線令瑞希更加動彈不得，夏帆突然笑靨如花地說：

「千尋哥！」

「什麼？」

夏帆從板凳上起身，興高采烈地奔向他。

「千尋哥，好久不見！怎麼啦？你不是煙火大會那天才要回來嗎？」

騙人的吧？這傢伙把我誤認為千尋了？

這時候的夏帆確實已經很久沒見到千尋了。千尋先是忙著準備考試，考上後又忙著準備搬家，而且上大學後一次也沒回來過。

更何況夏帆只認識國中時代的瑞希，但他已經是四年後的自己了。隨著自己一天天成長，越來越多人說他「長得越來越像千尋了」。

但就算是這樣，夏帆一天到晚把「千尋哥、千尋哥」掛在嘴邊，會把最喜歡的鄰家哥哥跟弟弟搞錯嗎？

瑞希腦中一片混亂，夏帆不明就裡地側著頭說：

「千尋哥，你怎麼全身濕透？穿著衣服在游泳池裡游泳嗎？」

「咦，怎、怎麼可能，穿著衣服沒辦法游泳吧。」

夏帆忍俊不住，發出銀鈴般的笑聲。

「討厭啦，千尋哥真是的，居然當真了！我當然是開玩笑的啊！」

夏帆笑得花枝亂顫，瑞希的眼淚都要掉出來了。

也對，夏帆原本是這麼愛笑的女孩。

「千尋哥，你是淋到剛才的雨吧？雖然馬上就放晴了，但突然下起傾盆大雨，嚇死我了。我也是在這裡躲雨。」

這麼說來，夏帆約他去看煙火，慘遭他拒絕「我不去」，憤而對他說「我最討厭你了」那天，回家路上的確下了好大的午後雷陣雨。

也就是說，在這裡躲雨的夏帆，是在游泳池畔與還是國中生的瑞希大吵一架後的夏帆。

既然如此，夏帆剛才為什麼一臉泫然欲泣的樣子？

「這個給你，不嫌棄的話請用。」

夏帆從背包裡拿出毛巾，見瑞希一臉疑惑，夏帆笑著說：

「別擔心，這毛巾還沒有用過。我一向隨身攜帶很多毛巾。自從瑞希那笨蛋忘記帶毛巾就去游泳，之後我每次去游泳池都會帶著毛巾。」

「……瑞希那笨蛋？」

「沒錯，瑞希是大笨蛋。」

夏帆心無城府地笑著又重複了一遍。

「不過那傢伙今天好像沒有忘記帶毛巾，所以不嫌棄的話，這條給千尋哥用。」

「……嗯。」

瑞希從夏帆手中接過毛巾，擦臉時，柔軟劑的香味撲鼻而來。

他從來不知道……夏帆居然為自己準備了毛巾。

「所以呢，千尋哥，你怎麼會在這裡？提早回來嗎？」

夏帆觀察他的表情，瑞希趕緊用毛巾遮住臉。

「對呀，就是這樣，突然不用打工……」

真不敢相信，自己居然謊話連篇。

「這樣啊！那你會一直待到煙火大會吧？」

「會、會呀。」

「既然如此，千尋哥！」

夏帆眼神遊移，對瑞希說：

「要不要和我一起去看煙火？」

胸口彷彿被刺穿一個大洞。

唉，夏帆果然打算和千尋單獨去看煙火。

「因為啊，千尋哥，你聽我說。我剛才也約了瑞希，但他居然說『我不去』喔。是不是很過分？明明我們每年都一起去。」

夏帆嘟起嘴，表情都寫在臉上了。

「所以別理那個笨蛋，我們自己去吧。」

瑞希看著夏帆的臉，夏帆嫣然一笑。或許是自己的錯覺，她的臉頰似乎染上淡淡的紅暈。

瑞希握緊雙手。

一定要拒絕，不能讓夏帆和千尋去看煙火。

等等，夏帆現在約的千尋並不是千尋本人。等等，如果千尋現在答應，死的不就是我嗎？

腦子裡千頭萬緒。

「千尋哥……還是你不想跟我一起去……」

夏帆窺看瑞希的反應，瑞希心跳得好快。

和夏帆單獨去看煙火……這是瑞希一直以來的夢想。

但夏帆約的不是瑞希，而是千尋。可是現在的千尋就是瑞希……

腦子裡更混亂了，瑞希答應夏帆：

「好啊。」

夏帆臉上倏地綻開耀眼的笑容。
啊，我就是想再看一次這種太陽般的笑容。
「太好了！謝謝你，千尋哥！我好高興！」
看到蹦蹦跳跳的夏帆，心情變得更加複雜了。
我怎麼會說出「好啊」這種話呢？這種謊言肯定馬上就會穿幫了。
「千尋哥，我可以再拜託你一件事嗎？」
「什麼事？」
「不瞞你說，我暑假作業都還沒寫。」
「嗄？」
她不是說暑假作業都已經寫完了嗎？如果自己記得沒錯，夏帆是這年夏天說的。
「可是我卻對瑞希說我已經寫完了。所以拜託你！可以從明天開始瞞著瑞希教我寫作業嗎？」
好傢伙，瞞著我是什麼意思……
可是瑞希卻說：
「好啊。」

「太棒了！」

夏帆又開始手舞足蹈，瑞希無論如何都想看到她的笑臉。

「但妳也要答應我，絕對不可以告訴瑞希喔，包括見到我的事。」

絕不能讓國中生的瑞希知道，因為這時的千尋應該還在東京。

「我答應你，這是只屬於我們兩個人的祕密。」

夏帆伸出小指。

見瑞希一頭霧水，夏帆笑著對他說：「打勾勾。」

瑞希輕輕地伸出小指，夏帆用纖細的小指勾住他的小指。

「打勾勾，說話不算話的人要被揍一萬拳、再吞一千根針！」

夏帆從小就這樣，動不動就逼瑞希打勾勾。自己都不知道究竟與夏帆定下過多少約定。

當時做夢也沒想到，他與十九歲的夏帆會變成連話都說不上的關係。

一切都是這個夏天的錯。

「約好了！」

夏帆像個孩子似地高聲說道，放開他的手指。溫暖的體溫從瑞希指尖消失。

「謝謝你，千尋哥。」

明明那麼想看到夏帆的笑容，如今卻刺痛著他的胸口。

「……我才要謝謝妳。」

瑞希說道，拚命忍住不哭。

「我家只有這個……不嫌棄的話請用。」

理化老師池田說道，在瑞希面前放下一碗泡麵。

瑞希低頭看著放在眼前的泡麵，肚子頓時「咕嚕！」叫了一聲。他已經想不起來，上次吃飯是什麼時候了。

「那個……突然跑來……還蹭飯吃……真不好意思。」

「別這麼說嘛，快吃快吃。」

「那我就不客氣了！」

飢餓勝過客氣的瑞希迫不及待地掰開免洗筷，吃起泡麵來。從沒料到大熱天吃的泡麵居然這麼好吃。

「也就是說……四年後的瑞希同學從四年後的我口中得知穿越時空的方法，從那個時代跑來這裡，對吧？」

「對……」

這裡是池田住的公寓，與夏帆分開後，瑞希來到這，簡單地向人在家裡的池田講述了事情的來龍去脈。

池田一時露出驚訝的表情，但隨即反應過來，讓瑞希進屋。

「瑞希同學有著不惜以身試險也想改變的過去呢。」

「是的。」

一口氣吃完半碗泡麵後，瑞希放下筷子，端正坐姿。

「所以說，直到我在煙火大會那天回到原本的世界之前，可以讓我躲在老師家裡嗎？」

池田目不轉睛地盯著瑞希，然後推了推鏡框回答：

「這也是沒辦法的事呢。又不能讓你回家，萬一碰到瑞希同學本人或家人，大家都會驚慌失措吧。」

「就是說啊。」

「而且也不能去找認識瑞希同學的人，因為遇到你，可能會改變他們的未來。」

「呃，實不相瞞……」

瑞希不知所措地猛搔頭。

「其實我剛才已經遇到夏帆了……」

池田瞪大雙眼，整個人往前傾。

「啊，不過夏帆好像把我誤認為我哥了……哈哈，那傢伙真是個傻瓜！」

「所以算是矇混過關了是嗎？不過還是不要再有任何接觸比較好。」

「啊，那個，我答應明天教她寫作業。」

「什麼？」

池田難得發出傻眼至極的聲音。

「你為什麼要這麼做……難道你想一直假扮你哥哥？」

「或許會變成這樣吧。」

「萬一她見到你哥哥怎麼辦？」

「我哥現在在東京，煙火大會那天才會回來。」

「可是在那之後，等夏帆同學見到你哥哥，事情就會穿幫了。」

「到時候還請老師幫忙打個圓場……」

瑞希苦笑著說。

「而且為了改變過去，夏帆是關鍵人物，最好把她擺在身邊。」

這完全是剛剛想到的藉口。

池田百般無奈地嘆了一口氣。

「我不清楚瑞希同學的未來發生了什麼事，也不知道你想做什麼，但你應該是擬訂了縝密的計畫才來的吧？」

「這個嘛……我是突然決定要穿越時空，所以什麼也沒想。」

「嗄？」

池田再次驚呼。他總是目光呆滯、面無表情，今天的表情倒是很豐富。

「你也太莽撞了……唉，肯定是未來的我不好。穿越時空可不是抱著好玩的心情就可以，改變過去必須作好相應的心理準備才行。」

池田說道，瑞希用力握緊膝蓋上的雙手。

「這我知道，我絕不是抱著好玩的心情回來。我……我來這裡是因為有無論如何都想改變的過去。」

瑞希以嚴肅的表情看著池田。

「未來的老師也告訴過我，必須付出相應的代價。即便如此，我還是想改變過去。」

池田又嘆了一口氣，問瑞希：

「可以告訴我，你想改變什麼過去嗎？如果理由能說服我，我願意助你一臂之力。」

瑞希咬住下唇，娓娓道來回到過去的理由。

哥哥千尋將死於今年的煙火大會那天。

哥哥死了以後，家中變得愁雲慘霧。

夏帆非常自責，從此失去笑容。

「我希望千尋能活下來，希望爸爸媽媽能恢復原本的開朗，也希望夏帆……」

剛才看到夏帆的笑臉浮現腦海。

「希望她能永遠這樣笑著。」

池田默默地聽他說完，訥訥地開口：

「如果能阻止千尋的意外，不只他，就連你的家人，還有夏帆同學都能不再受苦也說不定。但不見得能讓你得到幸福，為了自己而改變過去，不可能不用付出任何代價。」

「我知道。」

瑞希想起還是國中生的夏帆興高采烈地說「我買了新浴衣」的模樣。

「只要千尋沒死……夏帆或許會和千尋交往。不，他們最好能交往。」

雖然很不服氣，但不管看在任何人眼中，千尋都是完美無缺的人。從今往後，瑞希大概都不可能贏過他。既然如此，夏帆與千尋交往絕對能得到幸福。

「你覺得這樣好嗎？」

池田的聲音迴盪在安靜的房間裡。

「……這樣就好了，只要能取回夏帆的笑容。」

沉默了半晌後，池田對瑞希說：

「我明白了，直到煙火大會那天，你就待在這裡吧。我也會提供食物給你，雖然只有泡麵就是了。」

「謝謝老師！有泡麵就夠了！」

瑞希正襟危坐地把頭貼在榻榻米上說道。這時他突然想到一件事，問池田：

「老師是……一個人住吧？」

老公寓的房間裡只有塞滿書的書櫃和一張小桌子，除此之外幾乎沒有家具。感覺不出來除了池田以外還有其他人住，但禮貌上還是得問一下。

「我一個人住，有什麼問題嗎？」

「沒有，我只是想說，萬一有女朋友就太不好意思了。」

「我沒有女朋友。」

池田沒好氣地說。看著這樣的池田，瑞希心想：
老師該不會與心愛的女朋友分手後就一直保持單身吧？
之後的四年，以及四年後的未來……老師該不會打算都一個人過吧……
池田清了清喉嚨，對瑞希說：
「不好意思打斷你吃飯了，不快點吃的話，麵會糊掉喔。」
「啊，好的！」
瑞希又拿起筷子，一面回想池田四年後的長相，一面稀哩呼嚕地吃下冷掉的泡麵。

❋

「……同學、瑞希同學。」
「嗯……」
耳邊傳來有人喊他的聲音，瑞希翻了個身。好睏，身體好重。
「我要去學校了。吐司我放在桌上，你醒來要吃喔。」
學校？吐司？

瑞希驀地睜開雙眼坐起來。陌生的房間，這裡是……

「老師！」

對了，昨天他穿越時空了。那不是在做夢。因為這裡是池田老師住的公寓。打開玄關門的池田回過頭來，瑞希坐在被子上對他說：

「路、路上小心。」

池田以對小朋友說話的語氣告訴他：

「聽我說，瑞希同學。不可以接觸夏帆同學以外的人喔，因為不曉得未來會有什麼改變。瑞希同學該做的是阻止哥哥發生意外，除此之外，不要做任何無謂的事。」

「我、我知道了。」

「那我出門了。」

門「啪答！」一聲關上，瑞希呼出一口氣，爬向桌子，拿起吐司，直接一口咬下。

幸好有池田。話說回來，要是沒有池田，他根本不會來到這個世界。

無論如何都要阻止千尋發生意外。

這時，他忽然想起昨天的事。

「要不要和我一起去看煙火？」
「好啊。」
這麼說來，他不小心答應要和夏帆去看煙火。
「……怎麼辦？」
感覺好像能聽見池田「你也太莽撞了」的評語，瑞希抱頭苦思。
上午在池田家邊吃吐司邊思考接下來該怎麼做，時間一下子就來到下午一點左右。
再不久就是和夏帆約好的時間了，他和夏帆約好今天在鎮上的圖書館見面，教她寫功課。
「暑假作業啊……畢竟是國中生的作業，應該沒問題吧。」
瑞希一面想著這件事，脫下池田借他的家居服，換上昨天洗好晾乾的衣服，離開池田的住處。
外頭高掛著毒辣又刺眼的盛夏艷陽，無所不在的蟬鳴響徹雲霄。
從國中的校舍前經過，走向車站，堤防另一邊有條大河，瑞希刻意避開那裡往前走。
幾棟建築物從不遠處映入眼簾，町營的小圖書館就在其中一棟裡面。
瑞希拭去流下的汗水，走進冷氣開得很強的館內。前腳才剛踏進去，就聽見熟悉的聲音。
「千尋哥！」
夏帆直奔而來，身上是她喜歡的T恤和短褲，肩上背著看起來沉甸甸的托特包。
「太好了！我還在擔心你要是不來怎麼辦。」
夏帆的笑容在眼前綻放，瑞希覺得胸口滿滿的。
「……我當然會來啊，不是約好了嗎？」
「嗯！謝謝你。」
夏帆笑容滿面地說，瑞希感覺胸口隱隱作痛。
他根本沒資格讓夏帆向他道謝，因為答應夏帆的並不是千尋，而是瑞希。
「你沒有……告訴瑞希吧？」
夏帆似乎有點不放心，壓低聲線問道。
國中生瑞希今天早上應該已經去了名古屋的外婆家，與夏帆大吵一架，鬧起彆扭……等他再回到這個小鎮時，千尋已經不在了。

瑞希用力地握緊掌心。

「沒有，我沒有告訴他喔。」

「那就好！我得趁瑞希還沒有發現，趕快把作業寫完。」

夏帆抓住瑞希的手。

「我們去那邊吧。千尋哥。」

夏帆約的明明是千尋……心臟噗通噗通地跳得好大聲。

「嗯，好啊。」

「要請你多幫忙了！千尋哥。」

夏帆說道，轉頭看著瑞希，嫣然一笑。

暑假的午後，與夏帆並肩坐在圖書館裡一起寫作業，瑞希做夢也沒想到還能有這麼一天。

「所以呢，妳哪裡不會？」

「嗯，是數學的部分……」

夏帆攤開數學作業，看了眼上頭密密麻麻的數字，瑞希心裡暗叫一聲不妙。

數學啊……這不是我最不拿手的科目嗎……我念的可是文組。

「我不太懂平方根的問題……」

「平方根？」

「千尋哥，你的數學很好吧？所以想請你教教我。」

「啊，嗯，我看看，哪個問題？」

「這裡的問題三，該怎麼解才好？」

夏帆用手指著題目，瑞希假裝思考，內心七上八下。

最後一次解數學問題是什麼時候？高二就分成理組和文組，所以已經是兩年多以前的事了。

還以為要應付國中生的問題綽綽有餘，完全忘了還有這個陷阱。

「呃……有、有點難呢。」

「千尋哥也覺得很難啊！」

不，如果是千尋本人，應該不費吹灰之力就能解開吧。因為千尋的成績一向是全學年的前幾名。

但他又不是千尋。

自己果然比不過千尋……

想到這裡，瑞希心頭一凜，握緊放在作業簿上的手。

不行、不行，不可以這麼軟弱。

我不是要改變過去嗎？我不是要拯救千尋嗎？還有夏帆……

瞥了身旁的夏帆一眼，兩人四目相交，夏帆的笑臉宛如孩子，惹人憐愛。

真希望能永遠看到這張笑臉……

「抱歉，可以讓我想一下嗎？」

「欸，呃，好啊，你慢慢來。」

夏帆有些疑惑，但仍把作業簿遞給瑞希。

「我需要一點時間，妳先解這邊的問題吧？」

「嗯，沒問題。」

趁夏帆處理其他作業的空檔，瑞希認真地思考那個問題。

換作是平常的他，一定馬上就放棄了，而且還會滿腹牢騷。反正我就是沒用，反正我又不是千尋。

但是那樣的話，不會有任何改變。

瑞希拿出向池田借的自動鉛筆，又看了一遍問題。

既然情急之下假冒千尋，沒想太多就答應教夏帆功課……那就得認真地思考才行。

無論是數學的問題，還是阻止意外發生的方法，都必須好好地思考，靠自己的力量改變過去。

瑞希打起精神，用力握緊自動鉛筆。看在夏帆眼中，他的模樣似乎有點不太對勁。

「今天真謝謝你，千尋哥！千尋哥果然很可靠！」

兩人寫完數學作業，傍晚相偕離開圖書館。夏帆看起來很滿意，瑞希在一旁感到如釋重負。

上次這麼認真學習或許還是準備考試的時候，已經很久沒讓腦筋全速運轉，累死人了。

這下子他很清楚自己大學上課有多混了。

而且他從來不知道，原來教別人什麼、讓別人開心是這麼快樂的一件事。

「不客氣，如果是我幫得上忙的事，千萬不要客氣喔。」

「既然如此，明天也可以再拜託你嗎？我的英文也完全不行。」

夏帆裝可愛地吐了吐舌頭。

這麼說來，這傢伙的英文成績比數學還要爛。

「英、英文啊……」

「可以嗎？明天也可以拜託你嗎？」

夏帆有些不安地追問。

「可、可以啊。」

「太棒了！謝謝你，千尋哥！啊，不可以告訴瑞希喔！」

見夏帆欣喜若狂、蹦蹦跳跳的樣子，瑞希的胸口再次隱隱作痛。

因為夏帆倚重的並不是瑞希，而是千尋。

「所以你明天也和夏帆同學約好要見面？」

「……是的。」

「而且還答應陪她去看煙火……」

「對不起……」

瑞希吃著池田為他準備的泡麵，侷促不安地回答。

沒帶錢包，所以也付不出伙食費，真是過意不去。誰叫自己在這個世界身無分文呢，等回到四年後的世界再多給池田一點錢吧。

「啊，可是，只要繼續轉移夏帆的注意力，別讓她去煙火大會，就不會發生意外了……」

「能這麼順利嗎？」

池田的低語聲中夾雜著嘆息。

「改變重大的過去可不是一件容易的事。舉例來說，假如四年前的今天早餐吃麵包，如果只是改成吃飯，應該很簡單就能做到，大概也不會對未來造成太大的影響。可是『千尋同學與夏帆同學單獨去看煙火』，對他們兩個人而言都是非常重要的事，所以應該不是這麼輕易就能改變。」

「咦，是這樣嗎？」

「我回到過去時也是這樣。夏帆同學『想跟千尋同學一起看煙火』的心情越強烈，硬要改變這個過去想必也越困難。」

「……四年後的池田老師可沒告訴我這件事啊。」

「……真對不起。」

沉默橫亙在兩人之間。

也就是說，人的心情很難改變。既然如此，或許無法改變夏帆的心情。

「其實我已經買好了。深藍色的布料點綴著白色和紫色的牽牛花圖案，感覺有點成熟的浴衣。」

夏帆非常期待與千尋去看煙火。

還準備了新的浴衣。

既然如此，無論動什麼手腳，夏帆或許還是會和千尋去看煙火。這麼一來，夏帆就會掉進河裡，然後——

瑞希猛搖頭。

就算去看煙火，只要夏帆別掉進河裡就行了。瑞希已經知道當時的狀況，也知道出事的地點，既然知道，就能避免。

只要盡量別靠近發生意外的現場，離河邊遠一點，在安全的地方看就行了。然後早點打道回府，送夏帆平安回家，在煙火大會結束前回到四年後的世界就行了。

倘若夏帆事後見到千尋本人，大概會覺得牛頭不對馬嘴吧，但那也無所謂。只要千尋還活著，兩人就還有未來。

「沒事吧？瑞希同學。」

見瑞希沉默不語，池田憂心忡忡地觀察他的表情。

「我沒事。」

「總而言之……先吃飯吧，麵要糊掉了。」

「好的。」

與池田一起吃泡麵，瑞希問他：

「老師，你一向只吃泡麵嗎？」

池田放下筷子，看著瑞希；瑞希慌張地告訴池田：

「啊，不是啦，我不是討厭泡麵……」

「我不太會煮飯，雖然家裡也有飯鍋和菜刀、平底鍋……但幾乎沒在用……」

「既然如此，我來做吧？」

池田驚訝地看著瑞希。

「我在東京的家裡都自己煮，只是，我沒有錢買食材……」

「那我給你伙食費，麻煩你明天去買菜、做晚飯。」

「咦，真的可以嗎？」

「可以，我很期待瑞希同學做的料理。」

表情貧乏的池田難得露出微笑。

看到他的表情，瑞希也覺得很高興。

※

隔天瑞希也去圖書館陪夏帆寫作業，費了好大一番工夫才搞懂國中生的英文習題，要講到讓夏帆也能理解就更困難了。

「所以這裡是現在完成式……」

「什麼是現在完成式？」

「這個在第一學期的時候就學過了吧？」

「我忘了。」

夏帆又「欸嘿」地笑了。

又在裝可愛了。這招騙得過千尋，可騙不了我。

「那就從這一頁開始，再做一遍。」

「欸！這麼多？」

「我會從頭開始教妳。」

瑞希說完這句話，與面向自己的夏帆四目相交。被夏帆盯著看，不由得心跳加速。

「謝謝你，果然還是千尋哥最可靠了。」

「……不客氣。」

最可靠了……夏帆從來沒這麼對瑞希說過。

一面教夏帆功課，瑞希突然想起千尋。

因為每年一放暑假，千尋也會這樣教自己功課。

自己對千尋而言，想必是不爭氣的弟弟。但千尋總是和顏悅色、非常有耐心地講解到他聽懂為止。

可惜當時自己一點也不知道感恩，只覺得比不上哥哥的自己非常沒出息。

現在回想起來，真希望千尋能多教他一點東西。

真希望自己能更坦率一點，多跟千尋聊聊天。

「千尋哥？」

見瑞希用力地握緊自動鉛筆，夏帆探頭來看他的表情。

「你怎麼了？」

「沒什麼。」

要是能改變過去，見到哥哥……這次一定要老實地對他說「謝謝」。

做完作業，離開圖書館時，已經黃昏了。兩人背對著夕陽，走在熟悉的路上。

結果他也答應了明天要教夏帆寫功課，自己其實也有一點期待。

或許自己意外地喜歡教別人功課。

「千尋哥。」

「什麼事？」

夏帆面向前方，微微一笑說：

「就快到煙火大會了呢。」

瑞希凝視夏帆的側臉。

「我好期待呀！」

「夏帆……」

「我今年啊，想穿浴衣去。」

瑞希想起夏帆說過的話，她肯定已經買好浴衣了。

可是最好不要穿浴衣，夏帆就是穿上不習慣的木屐，才不小心掉到河裡。

瑞希想阻止她，卻發不出聲音來。

「因為……因為人家想讓千尋哥稱讚我變漂亮了嘛。」

他知道夏帆是那麼地期待。

「你怎麼了？千尋哥。」

「沒什麼……要不要……在我們家附近看煙火？」

「欸，我想在往年看煙火的地方看！我想去我們每年去的那個祕密基地！」

祕密基地——這樣啊，我們每年都在某個只有我們知道的地方看煙火，千尋就是在那裡失去了生命。

「不可以去……那裡喔。」

「為什麼不可以？瑞希說他不去，連千尋哥也……」

夏帆露出傷心欲絕的表情；瑞希無言以對。

這時背後傳來聲音。

「咦，這不是夏帆嗎？」

是熟悉的聲音。

不會吧……瑞希轉過頭去，眼前是兩個騎著腳踏車的男生。

一個是皮膚曬得黑黑的、頭髮剪得短短的男生，一個是劉海長到遮住眼睛、有點陰沉的男生……

「修吾！忍！」

情不自禁地喊出這兩個名字，瑞希連忙用雙手摀住嘴巴。兩人有些莫名其妙地歪著頭。

他們該不會發現我是四年後的瑞希了吧？

「這位是千尋哥，瑞希的哥哥。」

夏帆對他們說。

「咦，千尋哥？好久不見了。」

「聽說你考上大學，去了東京？」

「啊，對呀，現在是暑假，所以我回來了。」

兩人理解似地點點頭。

得救了，他們也以為瑞希就是千尋。我和哥哥真的長得這麼像嗎？

「可是千尋哥怎麼會跟夏帆在一起？」

是修吾的聲音。夏帆連忙解釋：

「拜託你們！千萬別告訴瑞希我和千尋哥在一起的事！」

修吾和忍大眼瞪小眼。

「這倒是沒問題……」

「絕對不可以告訴他喔！說我請千尋哥教我功課的事！」

「什麼嘛，妳居然瞞著瑞希，請千尋哥教妳功課。」

這是忍的聲音。夏帆慌張地用手摀住嘴巴。

「可是瑞希現在不在家吧？他突然跑去外婆家了……」

聽到修吾的話，我愣了一下。這麼說來，我告訴過修吾他們自己要去名古屋外婆家的事。

「嗯，對啊，那小子搶先一步去了外婆家。」

「欸，真的嗎？千尋哥，你怎麼不早說。」

看到哈哈大笑的夏帆，瑞希鬆一口氣。這時修吾突然冒出一句：

「千尋哥，你接下來有沒有空？要不要來我們家？我正和忍說要吃拉麵。」

「欸，拉麵？」

肚子突然「咕嚕」一聲。這麼說來，今天早上只吃了一片剩下的吐司。

「那我也要去！」

「我們又沒有約妳！」

「好過分！千尋哥，一起去嘛！」

我原本打算買東西回家，今晚做飯給池田吃，而且去拉麵店的話，還會碰到修吾的父母……可是……

「嗯，好啊。」

腦海中閃過大碗的兩角拉麵，不經意脫口而出。就算遇到修吾的父母，只要繼續假扮千尋，騙過他們就好了。

「那走吧。」

「真拿妳沒辦法，夏帆也來吧。」

「什麼嘛，踐什麼踐！千尋哥，你也罵罵這兩個傢伙嘛！」

連聲抱怨的夏帆、朗聲大笑的修吾和一旁像個沒事人似的忍。

這一切都好令人懷念啊。國中時，瑞希也在這群人裡面。

「千尋哥！」

忍叫他，瑞希猛然回神。

「你怎麼了？」

「什麼怎麼了？」

「你在哭喔。」

直到忍指出這一點，瑞希都沒有發現，眼淚正順著自己的臉頰滑落。

「沒、沒什麼喔。」

瑞希揉揉眼睛，擠出笑容。忍、修吾和夏帆都一臉擔心地看著他。

「隱形眼鏡好像跑掉了。」

「千尋哥有戴隱形眼鏡嗎？」

「其實有喔。」

瑞希扯下瞞天大謊。

「那就走吧，去吃拉麵。」

「走吧、走吧！」

看到笑意盈然的夏帆，瑞希鬆了一口氣。

「久等了！大碗的兩角拉麵！」

修吾的父親把沉甸甸的大碗公放在瑞希面前，他這時還沒有住院。身體應該已經不太舒服了，可是在客人面前完全沒有表現出異狀。看在瑞希他們眼中，修吾的父親一直是那有點頑固，又很可靠的拉麵店老闆。

「哇，看起來好好吃啊。」

忍不住脫口而出，旁邊的夏帆噗哧一笑。

「你這句話跟瑞希一模一樣。」

千尋的確不會這樣說話。

瑞希假裝咳嗽，打馬虎眼：

「不是啦，因為看起來真的很好吃，不小心失態了。」

「千尋哥真的好奇怪呀！是不是去了東京以後有點變啦？」

「有、有嗎？」

「有啊，該怎麼說呢……好像比以前更容易親近了。」

「更容易親近了？」

夏帆有些羞怯地點點頭。

「因為對我而言，千尋哥是很成熟的大哥哥，離我很遠，可望而不可即。」

「離妳很遠，可望而不可即……」

千尋對瑞希而言也是這樣。明明是離自己最近的存在，卻又遙不可及。

無所不能、性格沉穩，深受大家的信賴……是自己再怎麼努力也無法匹敵的存在。

這對瑞希而言一直是很沉重的負荷……如今他卻以哥哥為榮。

「千尋同學，這是餃子，請用！」

「咦，我沒點餃子……」

「這是伯母招待你的！伯母一直很想見千尋同學，以後也隨時歡迎你來喔。」

修吾的母親對待他們兄弟倆的態度一模一樣，瑞希心頭一熱。

「謝謝伯母，那我就不客氣了。」

「請用。」

修吾的母親微微一笑。

修吾的父母看到兒子帶來的「千尋」似乎也不疑有他。

「瑞希也真是的，沒事去什麼外婆家嘛。」

「別理他，別理那傢伙。」

修吾他們的討論令瑞希感到氣悶，夏帆在一旁小聲低喃：

「可能是我的錯……」

瑞希大吃一驚，看著頭低低的夏帆。

「因為我說我最討厭他了……」

「夏帆……」

瑞希輕聲喚道，夏帆在他面前抬起頭來。瑞希想起剛回到這個時代的那天，夏帆孤零零地坐在雨後的板凳上，一臉泫然欲泣的表情。

說不定夏帆是因為很在意他們鬧得不歡而散的事，才會露出那種表情。

但夏帆很快就恢復一如既往的笑臉說：

「但瑞希也很可惡喔！明明我們每年都一起去看煙火，他卻突然說不去……所以我……」

「嗯。」

瑞希附和夏帆的埋怨。

「夏帆沒有錯喔，是長不大的瑞希不好。」

沒錯，當時自己就像個長不大的孩子鬧彆扭、使性子。要是能更誠實地表達自己的心情……

「我今年只想跟夏帆一起去，不想再三人行了。」

要是自己能這麼說……大概就能改變未來了。

「伯母，謝謝妳的招待。我還要補習，先走了。」

忍搶先一步吃完拉麵，把錢放在吧台上，站起來。見他起身，瑞希突然

「啊！」地大叫一聲。

「怎、怎麼了？千尋哥。」

「呃，那個……」

怎麼辦，他沒帶錢，居然還堂而皇之地點了大碗的拉麵。

這時，他突然想到口袋裡還有一張千圓鈔票。那是池田交給他，讓他買今晚食材的錢。

「嗚嗚……對不起，池田老師……」

「怎麼突然提到池田？你怎麼了？千尋哥。」

連修吾都露出不可思議的表情，瑞希聳聳肩。

「沒什麼，驚擾到大家了。」

「千尋哥果然怪怪的。」

真糟糕，不能讓他們再繼續懷疑自己了。必須扮演好無時無刻都很冷靜，天塌下來也能一力承擔的千尋才行。

總之先用老師給他的錢來付拉麵的費用吧。

結果那天晚上，瑞希沒錢買晚餐的材料，就這麼悻悻然地回到池田的住處。

「所以我今晚也只有泡麵可吃嗎？」

「老師，對不起，只有我吃了美味的拉麵……」

瑞希跪在榻榻米上，向池田低頭賠罪。池田在他面前撕開泡麵的蓋子，雪白的水蒸氣輕飄飄地瀰漫在狹窄的房間裡。

「沒關係，泡麵也很好吃……更大的問題是，你還見到了修吾同學和忍同學。」

瑞希抖了一下，可憐兮兮地瞅著池田。池田也看著瑞希，表情比平常更嚴肅一點。

「不可以改變他們的未來喔。」

「我知道。」

瑞希絕對不會再和他們見面了。

「你的目的是阻止哥哥發生意外。除此之外的事，你都不能介入。」

「我知道。對不起。」

池田推了推因熱氣起霧的眼鏡，從瑞希身上撇開視線。

「不過，既然是不期而遇也沒辦法……我只是想提醒你，一定要格外小心。」

「我知道！」

瑞希大聲應允，然後又戒慎恐懼地補了一句：

「還有……我和夏帆明天也會在圖書館見面……」

池田已經拿他沒辦法了，只能嘆氣。

「我好像還滿喜歡教別人功課的，很喜歡看到別人開心的樣子。」

「如果是這樣的話，你或許很適合當老師呢。」

這句話讓瑞希心裡一震。

他完全不知道自己將來想做什麼。只要能離開這裡，隨便上哪一所大學都無所謂。

他一直以為自己會漫無目的地上大學、畢業、找工作，可是……

「當老師啊……」

「如果你能成為這所國中的老師，就麻煩你擔任游泳社的顧問了。」

見池田一本正經地說道，瑞希覺得好荒謬。

「說得也是，比起不會游泳的老師，顯然是我比較適任。」

「我很期待喔。」

池田也朝瑞希莞爾一笑。

※

「你好！千尋哥！又遇到你了！」

「請你也教我們功課！」

第二天，瑞希踏進圖書館，看到他們兩個時，當場愣住。因為修吾和忍顯然是在守株待兔。

「不好意思啊，千尋哥。剛才又碰到修吾他們了……聽我說今天也要來圖書館，他們就一直吵著說，只有我一個人太奸詐了，希望你也能教他們寫作業。」

夏帆從修吾和忍背後悄悄地探出頭來，苦笑著說。

這兩個人真是太厚臉皮了。

「修吾，你不用去社團嗎？棒球社不是要練習嗎？」

「練習上午就結束了！」

修吾笑得露出一口白牙，瑞希不由得皺起眉頭。

「可以嗎？千尋哥。」

可是看到滿臉歉意的夏帆，瑞希就無法拒絕了。而且如果是千尋本人，這時一定也不會斷然拒絕吧。

「當然可以啊。大家一起學習吧。」

瑞希故作鎮定地回答，在心裡記下這筆帳。

修吾和忍這兩個傢伙，等我回到四年後，你們就死定了。

這時，瑞希突然發現一件事。

咦，我為什麼會這麼生氣？

看著修吾和夏帆一行人走向自習室，有說有笑的身影。

「原來如此……」

視線停留在夏帆背後。

「我是在懊惱啊。」

生氣是因為能與夏帆單獨相處的時間受到干擾了。

瑞希停下腳步，用力地握緊雙手。

我在胡思亂想什麼呀。

等到煙火大會那天，千尋本人就會回來了。只要別發生那起意外，夏帆就能一直笑著待在千尋身邊，而自己將回到四年後的世界。

所以現在能與夏帆相處的時間就像一場夢……這段時光不可能永遠持續下去。

「千尋哥，你怎麼了？」

走在前面的夏帆停下腳步，回頭問道。

「沒什麼。我馬上來。」

然而，走向夏帆的每一步都好沉重、好痛苦。

「像這種情況，就要套用剛才的公式……」

「哦，原來如此！我懂了！」

瑞希在自習室裡輪流回答三個國中生的問題，幸好昨天請池田老師幫忙預習過了。

夏帆坐在瑞希旁邊，修吾和忍坐在他們對面，正在解作業的習題。

自己居然會在這裡教他們功課，這令瑞希感到很不可思議。

「瑞希回來以後，肯定會大吃一驚吧。我們的作業居然都寫完了。」

修吾說完，看著瑞希的臉問道：

「這麼說來，上次游泳比賽的結果，你聽瑞希說了嗎？」

話題突然轉到「瑞希」身上，瑞希的心臟漏跳一拍。

「啊，有……我在電話裡聽他說了。」

那天晚上，千尋打電話回家時，瑞希告訴他比賽的結果。他很懊惱沒能打破千尋的紀錄，話還沒說完就把電話給掛了。

「那傢伙說他慘敗了，很火大吧。」

「對呀。」

瑞希笑咪咪地回答，太陽穴突突跳動。但修吾絲毫沒有察覺到瑞希的異狀，繼續說：

「可是你不覺得那傢伙的目標訂得太高了嗎？」

「欸？」

瑞希歪著脖子，不明白這句話的意思，忍插進來說：

「他說自己慘敗，但好歹也是第四名吧？」

「成績明明已經很好了，那傢伙還不滿意……」

已經很好了？才第四名耶。別說冠軍了，連頒獎台都站不上。

「因為瑞希的目標是千尋哥嘛。」

坐在瑞希旁邊的夏帆開口。夏帆手裡握著鉛筆，視線落在作業簿上，以瞭若指掌的口吻說道。

「沒錯，所以我才說他把目標訂得太高了。」

「因為千尋哥是天之驕子嘛。」

「所以比不上千尋哥很正常啊。但那傢伙卻動不動就想跟千尋哥一較長短。」

那是因為……如果不這麼做，他會覺得自己一無是處……

「瑞希其實只要做自己就好了。」

夏帆的聲音刺進他的胸臆。

「只要有人知道他比任何人都努力練習不就好了嗎？」

用力握緊桌上的手。修吾他們的聲音傳入一句話也說不出來的瑞希耳中。

「考試前也比我們都認真準備吧？」

「只是考試時很容易失常。」

「啊，對對對。所以就算考得不好，如果有什麼不懂的地方，只要問他，他就會仔細地告訴我們。」

這樣啊。原來夏帆和修吾還有忍都看到自己的努力了。看到雖然結果比不上千尋，但自己仍腳踏實地、鍥而不捨地努力。

「才沒有這回事呢。有些東西比結果還重要。應該也有人覺得比誰都努力的瑞希很了不起。」

腦海浮現出忘了是什麼時候千尋說過的話，胸口頓時變得好熱。

「……抱歉。」

瑞希情不自禁地脫口而出，其他三個人都莫名其妙地看著他。

「咦？為什麼要跟我們道歉？」

「就是說啊。千尋哥沒必要道歉吧？」

「不是啦……誰叫我弟弟太不懂事了……」

明明有這麼好的朋友，卻在千尋去世後，刻意與他們保持距離。自怨自艾地築起一道高牆，不讓任何人靠近。

明明有很多話想對他們說。

「謝謝你們……真的。」

看到說到哽咽的瑞希，修吾和忍不知所措地說：

「不不不，我們沒做任何值得千尋哥道謝的事啊……沒有吧？」

「嗯。反而是我們說了你弟弟一堆壞話，是我們比較不好意思才對。」

瑞希對他們笑了。

等我回到四年後，一定要再跟修吾和忍聯絡。至少要一寸一寸打掉自己築的高牆。

然後再像國中時一樣，一起天南地北地亂聊、一起吃拉麵、一起捧腹大笑。

看了旁邊一眼，夏帆正目不轉睛地盯著瑞希看。瑞希有點不好意思，連忙別開臉。

「那我們先走了。」

「今天非常感謝千尋哥！」

做完功課，一行人在圖書館前的腳踏車停車場別過。修吾和忍騎腳踏車來，夏帆和瑞希則是徒步而來。

「嗯，路上小心喔。」

「辛苦了！」

「再見！」

目送兩個國中生騎腳踏車離開。在圖書館待了好幾個小時，這幾個孩子真是太坦率又太可愛了。雖然要教理解力較差的修吾功課差點沒把他累死。

「啊！」

這時，瑞希腦中閃過早已忘卻的記憶。

「等等……等一下！修吾！」

「千尋哥？」

留下一臉匪夷所思的夏帆，瑞希使出全力追在騎著腳踏車的修吾背後。

剛才看到修吾的背影，瑞希想起來了。這個夏天在名古屋的外婆家時，曾經接到修吾的電話。

「我今天騎腳踏車的時候不小心摔下堤防，手骨折了。」

「嗄？你在搞什麼呀。」

「煞車好像壞掉了……明天是國中的最後一場比賽，真是不走運啊。」

饒是性格開朗的修吾，那陣子的情緒好像也很低落……

印象中，他好像是今天晚上接到修吾的電話。

「嘰——」的一聲，腳踏車發出刺耳的噪音停下。見修吾回頭，瑞希也停下腳步。

「不可以改變他們的未來喔。」

池田的叮嚀言猶在耳。

「你的目的是阻止哥哥發生意外。除此之外的事，你都不能介入。」

他知道。雖然知道……明知好朋友可能會因為受傷而無法參加重要的比賽，總不能眼睜睜地看著這一切發生吧。

「還有什麼事嗎？千尋哥。」

「那、那輛腳踏車……」

瑞希上氣不接下氣地指著修吾的腳踏車說。

「煞車是不是壞掉了？」

「煞車？」

修吾用雙手按了按煞車檢查。

「沒有壞啊？」

可能是後來突然壞掉了。

「你今天……用走的回去吧。」

「咦？為什麼？」

「因為……騎腳踏車……很危險。」

修吾不解地皺眉。等在一旁的忍也莫名其妙地歪著頭。

「那、那輛腳踏車已經很舊了吧？所以很危險喔。最好給腳踏車店檢查一下再騎！」

修吾似乎難以接受，但仍不情不願地點頭。
「我知道了。既然千尋哥都這麼說了。」
轉身對忍說：
「我用走的回去。」
「那我陪你。」
修吾和忍推著腳踏車走了。
「路上小心喔！不要受傷喔！」
兩人朝瑞希點點頭，踏上歸途。
目送他們離開後，瑞希呼出一口大氣。
「沒事吧？千尋哥。」
夏帆的聲音從一旁傳來。定睛一看，夏帆似乎有些尷尬地仰望瑞希的臉。
「有我們三個這麼笨的學生，一定很辛苦吧？還得擔心我們回家的安全……不好意思啊。」
她是在擔心自己嗎？瑞希長這麼大還沒見過夏帆表現出這麼體貼的態度。
哦，我懂了。因為對象是千尋。
「別這麼說，我沒事。而且教你們很有成就感喔。」

瑞希笑著回答，夏帆也跟著笑了。
「千尋哥。」
夏帆蹦蹦跳跳地跳到瑞希的正前方。
「今天可以讓我表示一下感謝之情嗎？」
「什麼意思？」
瑞希一頭霧水地反問，夏帆露出燦爛的笑容。

「喏，千尋哥，這給你。」
夏帆約他到學校旁邊的那間雜貨店。
坐在店門口的板凳上，已經在店裡付完錢的夏帆遞出一根水藍色的冰棒。
「我可以收下嗎？」
「嗯！謝謝你教我功課！」
「謝啦。」
瑞希從笑容滿面的夏帆手中接過冰棒。那一瞬間，腦海中歷歷在目地浮現出蔚藍的晴空與游泳池的水面，鼻頭一酸。
「夏帆。」

「嗯？」

「要不要去那裡吃？」

瑞希在一臉問號的夏帆面前站起來。

為了不讓冰棒融化，瑞希走得很急，和夏帆一起來到學校的游泳池。

太陽快下山了，但是還有學生在從事社團活動，所以校門開著。

因為門禁太不森嚴了，瑞希知道任何人都能輕易地進入游泳池畔。

「在這裡吃吧。」

瑞希看著水藍色的水面，在護欄旁邊坐下。夏帆一臉丈二金剛摸不著頭腦地杵在一旁。

「夏帆？妳發什麼呆？不快點吃就要融化嘍。」

「啊，嗯。」

瑞希從袋子裡取出冰棒，夏帆也在他身旁坐下。

感覺好像回到國中的時候。

為了不讓夏帆發現自己的感慨，瑞希以稀鬆平常的表情咬下冰棒。好冰，又有點水水的，但清爽的味道與當時一模一樣。

不動聲色地瞥了旁邊一眼，夏帆低頭吃冰，感覺好像比平常嫻靜許多。她該不會是在害羞吧。因為和千尋單獨相處？

瑞希心裡亂糟糟的，為了擺脫這樣的心情，大聲說道：

「唉，又是『銘謝惠顧』！」

看著吃完的冰棒木棍，瑞希大嘆，夏帆驚訝地看著他說：

「千尋哥也……經常吃這種冰棒嗎？」

「咦？」

「我經常和瑞希在這裡吃冰棒……但以前從沒見千尋哥吃過冰。」

完蛋了。不小心露出本性了。

「啊，嗯，國中時很常吃。但一向都是『銘謝惠顧』喔。」

這麼說來，穿越時空前吃的冰棒是他第一次抽到「再來一枝」。也是那個「再來一枝」推了他一把，他才會來到這裡。

「這樣啊……」

夏帆還是低著頭，小聲地說：

「像這樣一起吃冰棒……感覺好像是跟瑞希在一起。」

「欸……」

這下子真的要完蛋了。萬一穿越時空的事被她看穿就死定了。更重要的是，萬一自己假冒千尋的事被發現，那就真的太糗了。

不過……

瑞希又看了旁邊一眼，夏帆還是低著頭。

因為是「好像是跟瑞希在一起」，她才這麼嬌羞嗎？怎麼可能。她明明總是把自己當成弟弟或寵物看。

「笨蛋！瑞希是大笨蛋！我最討厭你了！」

還是依舊對那天的事耿耿於懷呢。

瑞希在夏帆身旁嘆息，不著痕跡地說：

「別想太多，瑞希那小子還很幼稚，動不動就鬧脾氣。等他從名古屋回來，一定又會什麼事都沒發生過地來這裡游泳。」

「……是這樣的嗎？」

「是這樣的喔。」

也一定還是無法向夏帆表達自己的心意。

夏帆聞言，露出放心的微笑。

瑞希不動聲色地撇開視線，望向游泳池。

天空開始染上橘紅色。倒映著天空的游泳池也染上相同的顏色。

夏帆不再說話，瑞希也在一旁不發一語。

這麼說來，穿越時空那天，瑞希也是這樣獨自眺望逐漸染上暮色的天空。當煙火大會揭開序幕，從這裡可以非常清楚地看見在空中綻放的煙火……

對了。乾脆在這裡看煙火吧？夏帆再怎麼樣也不會掉進游泳池裡吧，就算真的掉下去了，在這裡也能得救。

瑞希看著身旁的夏帆，想提出這個建議。

「夏……」

但夏帆卻以憂傷的眼神目不轉睛地盯著水面。

瑞希吞回正要說出口的話，若無其事地面向前方。

夏帆在想什麼。

這是他第一次看到總是笑得有如盛夏艷陽的夏帆露出這樣的表情。

兩人一時無語，默默地眺望染上夕陽餘暉的水面。

天黑以後，兩人離開游泳池，瑞希送夏帆回家。

這一帶很多人都認識自己，所以瑞希不想久留。萬一母親或父親經過，事情會變得很麻煩。

「再見。」

瑞希急著想離開，夏帆叫住他：

「千尋哥！你明天有空嗎？」

「咦，有啊。」

瑞希還以為她又要自己教她功課，只見夏帆難以啟齒地說：

「那個，明天……想請你陪我去一個地方。」

「希望我陪妳去什麼地方？」

「啊，還是不方便吧！對不起！當我沒說！」

夏帆的臉頰染上一抹紅暈，伸出雙手在面前揮舞。瑞希很在意夏帆剛才有些落寞的神情，忍不住脫口而出：

「可以啊。」

「咦，真的嗎？」

「嗯。反正我有空。妳想去哪裡？」

夏帆的表情顯而易見地為之一亮。

「我想搭電車去購物中心！我想買東西！」

「沒問題，我陪妳去。」

「謝謝你！千尋哥。」

明明夏帆約的對象不是自己……瑞希卻因為太想看到她的笑容，結果又說謊了。

「所以說，你明天要和夏帆同學去購物中心？」

池田享用瑞希做的漢堡排說。

「……對。」

瑞希難為情地低下頭去，池田以凌厲的目光緊盯著他不放。

「瑞希同學。」

「有！」

「你做的漢堡排非常好吃。是跟令堂學的作法嗎？」

瑞希鬆了一口氣，回答池田的問題：

「不是，我喜歡看各種食譜網站，試著做出自己喜歡的味道。」

「你很熱心研究呢。」

說得更正確一點，不是「自己喜歡的味道」，也不是「自己老家的味道」，而是「自己母親的味道」。

剛開始一個人住的時候，他就決定要盡可能自己煮飯了。至少要能做出自己愛吃的食物。

「既然如此，媽媽教你做吧。」

落落寡歡的母親久違站在廚房裡教他做的菜是「炸蝦」的作法。而不是瑞希愛吃的「漢堡排」。

「因為千尋最喜歡吃這個了。」

那年夏天以後，瑞希在母親心目中就變成千尋了。所以他無法問母親漢堡排的作法。從此他便踏上試誤的旅途。為了盡量接近母親做的、瑞希喜歡的漢堡排味道。

「食、食材還有剩，我明天也做給你吃！」

瑞希的提議讓池田放下筷子。

「那真是太好了……瑞希同學。後天就是煙火大會了。」

聽到這句話，瑞希嚥了嚥口水。

「你有辦法阻止意外發生嗎？」

他一直在思考這個問題，但始終想不出明確的作戰策略。

結果就連看煙火的地方也還是模稜兩可……

「總而言之，我只想到別讓夏帆靠近河邊。我猜千尋本人因為沒有收到夏帆的邀請，也不會去河邊。」

「可是夏帆同學說她想在發生意外的地方看煙火吧？」

「是這樣沒錯啦……」

池田用指尖推了推眼鏡說：

「瑞希同學，煙火大會那天千萬不要靠近那裡。你現在是千尋同學喔。發生意外死掉的人可能是你也說不定。」

背後突然流下一把冷汗。他才不要死在這種鬼地方。

而且他也不會讓千尋死掉。絕不讓夏帆哭泣。

「我知道。」

瑞希用盡全力地回答，池田默不作聲地看著他。

❋

「什麼！修吾骨折了？」

「嗯。今天早上收到訊息。說他昨天從堤防上摔下去，受了傷。」

隔天與夏帆搭乘電車前往五個車站外的購物中心。那是這一帶最大的商場。

瑞希在電車上從夏帆口中得知此事。

「從堤防上摔下去……他應該沒有騎腳踏車吧？」

「對呀，聽說是一隻掙脫了牽繩的大型犬突然撲向忍……忍不是很怕狗嗎？嚇了一大跳的忍撞到推著腳踏車的修吾，害修吾連人帶車一起摔下去堤防。」

「真的假的？那傢伙今天不是有很重要的比賽……」

「嗯。好像就無法上場了。所以情緒非常低落。」

夏帆說到這裡，稍微想了一下，問瑞希：

「等等，千尋哥，你怎麼知道今天是修吾的最後一場比賽？」

「呃，那、那是因為……昨天在圖書館，他不是說過嗎？」

「有嗎？」

夏帆一臉疑惑地側著頭。瑞希在一旁陷入沉思。

還以為只要別騎上煞車故障的腳踏車，修吾就不會受傷，沒想到會殺出一隻掙脫牽繩的大型犬。

還以為自己順利地改變了過去，難道還會再發生別的狀況，讓一切恢復原狀嗎？

腦海中浮現出池田說的話。

「改變重大的過去可不是一件容易的事。」

雖然已經作好心理準備，但是改變過去或許比想像中還要困難。

「修吾……還好嗎？」

瑞希喃喃自語地說道，夏帆開朗地回答：

「再一起去修吾家吃拉麵吧。修吾一定也會打起精神來喔！」

「嗯，就這麼辦。」

夏帆對瑞希微微一笑。

抱歉，夏帆。那是不可能的。

明天就是煙火大會。阻止意外發生後，他就不能再待在這裡了。

位於車站旁的商場非常大，腹地內還有公園。再加上正值暑假，擠滿了攜家帶眷的人潮。

「哇……好多人！好大！好寬敞！好漂亮！」

夏帆興高采烈地從天花板挑高的一樓大廳仰望樓上林立的店鋪。完全是一副劉姥姥逛大觀園的模樣。

「這裡啊，上個月才開幕喔。我還是第一次來！千尋哥也是吧？」

對了。現在是四年前，所以這裡才剛開幕。

「對呀，我也是第一次來。」

「好壯觀啊！感覺會迷路！」

夏帆像個好奇寶寶似地東張西望，手舞足蹈。差點撞到路人，真是太危險了。

「夏帆，走路要看前面。」

「好。」

夏帆惡作劇地嫣然一笑，又開始左顧右盼，似乎在找什麼。

「妳有想逛的店嗎？」

「嗯，我想去賣手機吊飾的店。」

「那我們去二樓吧？我猜應該是面向公園那邊，可以搭那邊的手扶梯上去。」

瑞希指著手扶梯的方向，夏帆露出不可思議的表情。

「你對這裡好清楚啊，千尋哥。你其實來過吧？」

夏帆的質疑令瑞希心頭一凜。

他確實來過好幾遍了，但這種話可不能說。

「沒，沒有啦。剛才看到樓層圖，自然而然就記住了。」

「好厲害！不愧是千尋哥！只看一眼就記住了！」

瑞希苦笑著打馬虎眼。

就當是這樣吧。

「那我們走吧！千尋哥。」

「嗯。」

瑞希跟在蹦蹦跳跳的夏帆後面。

明明離她這麼近，卻無法觸碰她的背影，瑞希把汗濕的手插進口袋裡。

「這裡、這裡！我就是想找這種店！」

夏帆衝進一家陳列著可愛的文具及首飾，一看就是高中女生會喜歡的店。

「這種店啊，賣的都是一些朋友之間現在最流行的東西……」

夏帆興奮極了，雙眼閃閃發光，在店內走來走去。

這麼說來，小時候也曾經像這樣跟夏帆一起逛街。記得那次是在彼此的母親陪同下，去另一家購物中心買國中要穿的制服。
那家店的規模比這裡小得多，但已經比鄉下的超級市場大多了，當時夏帆也手舞足蹈地在店裡跑來跑去，瑞希也陪著她到處亂跑。
瑞希實在受不了不管是看到衣服、首飾還是玩偶，總之不管看到什麼都歡天喜地地大聲嚷嚷「好可愛呀！」的夏帆，覺得快被她煩死了。
結果還跟母親走散了，最後被狠狠地罵了一頓。
「找到了！就是這個！」
夏帆站在掛滿鑰匙圈和手機吊飾的貨架前嚷嚷。
「我想要這個手機吊飾。」
夏帆露出陶醉的表情，指著彈珠的手機吊飾。
圓形的彈珠裡有著水藍色的漸層和透明的泡泡，看起來就像水裡面。
大概是純手工製作，貨架上陳列著許許多多紋路略有不同的彈珠。
「聽說把這個送給重視的人，那個人就能得到一輩子的幸福喔。」
「是噢……」
瑞希還是第一次聽到這種說法。大概是只有流傳在女生之間，類似幸運物的東西。

「夏帆也想買來送人嗎？」

「嗯……」

夏帆含羞帶怯地低下頭去。瑞希不動聲色地撇開視線說：

「我去那邊逛，妳慢慢挑吧。」

「嗯。」

瑞希離開夏帆，走出店外。夏帆一臉認真地盯著彈珠看的側臉映入眼簾。

「重視的人啊……」

走到天花板挑高的走道，隔著扶手往下看。

夏帆大概是要送給千尋吧。因為千尋是夏帆非常重視的人。

腦海中浮現出穿越時空前看到的，夏帆的眼淚。

絕對不可以讓夏帆露出那樣的表情。

「久等了！千尋哥。」

夏帆從店裡走出來，笑咪咪地奔向他。要送給千尋的手機吊飾大概就躺在掛在肩膀上的包包裡吧。

「再來……要去哪裡？」

「我想喝飲料！」

「好啊。那就去喝飲料吧。」

瑞希與夏帆並肩往前走。

好像在約會啊……突然萌生愚蠢的念頭，瑞希連忙搖頭。

「修吾雖然也很厚臉皮沒錯，但瑞希更過分吧？」

在夏帆的推薦下，瑞希用吸管啜飲著不知道是什麼玩意的藍色飲料，邊聽她說。

「我明明是去給他加油打氣，但他的反應不是『妳來幹嘛』就是『給我回去』，真是氣死我了！」

「……嗯。」

瑞希很想反駁，但夏帆說的一點也沒錯。

夏帆幾乎每天都帶著毛巾或慰勞品，頂著大太陽去游泳池找他。但瑞希從來不知道感激，只會抱怨。雖說不是真心話，但也不能那樣說話吧，他好想罵自己。

瑞希無法回嘴，默默地喝飲料。

「不過啊，這也不能怪他，因為是我自己要去給他加油的。」

夏帆說道，用吸管喝了一口看起來就很甜的桃紅色飲料。然後靜靜地揚起臉，面向瑞希說：

「瑞希很努力游泳喔。在只有幽靈社員的游泳社裡，獨自一個人，每天都去游泳池練習……真的非常努力。」

瑞希不曉得該怎麼回應這句話才好。

「所以說，你可以偶爾稱讚他一下嗎？千尋哥。」

「說、說得也是……下次見到他的時候就這麼做。」

夏帆甜甜一笑，再次用吸管喝下桃紅色的液體。

夏帆居然這麼說……瑞希胸口一陣灼熱。

可是隨即想起夏帆著迷地凝視彈珠的表情，握緊放在桌上的手。

「千尋哥，你怎麼了？」

「沒什麼。」

夏帆最重視的人是千尋——所以無論如何都要阻止那場意外發生。

瑞希鼓起勇氣開口：

「夏帆，要不要去買鞋？」

「咦，怎麼這麼突然？」
「剛才看到一雙很適合夏帆的運動鞋。希望妳明天可以穿去看煙火。」
「欸……」
夏帆露出疑惑的表情。
明知她買了浴衣。也知道她很期待穿上那件浴衣。
但夏帆就是因為這樣才會不小心掉進河裡。既然如此，只要改變穿著，或許就能改變過去。只要買了運動鞋，她應該就不會穿浴衣了。
就算能阻止千尋發生意外，也難保自己或夏帆不會替他死掉。所以最好再加一層保險。
「可是我……」
瑞希又推了困惑的夏帆一把。
「我想送夏帆禮物。」
夏帆的臉染上淡淡的紅暈。
老師……對不起。瑞希在心中向池田道歉。
當他告訴池田，自己要來購物中心時，池田體貼地認為他應該需要交通費、和夏帆一起吃飯的費用，給他一筆錢。畢竟再怎樣也不能身無分文地逛商場吧。

加上晚餐的食材費用，池田給的金額還不少，瑞希決定用這筆錢給夏帆買鞋。

「走吧，夏帆。」

瑞希起身對夏帆說。

「看到一雙很適合夏帆的運動鞋」不完全是謊言。剛才在店裡走來走去時，確實看到一雙很適合夏帆的鞋子。

那是一雙雪白的球鞋，和夏帆平常穿的T恤和短褲很搭。回到那家店，不著痕跡的瞄了一眼標價，幸好還在身上帶的錢可以支付的範圍內。

「就是這雙鞋。」

瑞希說道，夏帆眼睛為之一亮。

「好可愛！」

果然不出他所料。硬要說的話，比較像運動鞋，但女孩子不管看到什麼好像都會說「好可愛」。

「可是……怎麼好意思讓千尋哥破費……」

「別客氣啦。又不是很貴的東西，呃，不是啦，不是因為便宜才買來送妳，我其實想送妳更好的東西。」

「別這麼說，我很開心！」

「那，既然是我送妳的禮物，妳明天願意穿給我看嗎？」

夏帆稍微想了一下，乖巧地點頭。

抱歉，夏帆。浴衣等妳明年跟千尋本人去看煙火的時候再穿吧。

瑞希在櫃台結帳後，將球鞋交給夏帆。

「謝謝你，千尋哥。」

「不客氣。」

這筆錢等他回到四年後一定會連本帶利地還給池田老師。

後來兩人去吃稍晚的午餐，瑞希說「我不餓」，只點了飲料。夏帆嘴裡說著「真不好意思啊」，依舊津津有味地大啖漢堡。

吃完飯，夏帆買了要去探望修吾的餅乾，兩人搭電車回家，瑞希送夏帆到家門口。

「千尋哥，今天非常感謝你陪我去買東西。還有鞋子……我真的非常開心。」

「小事，妳喜歡就好。」

夏帆擁緊裝著鞋子的紙袋，巧笑倩兮。

「那就明天煙火大會見了。」

「嗯。」

他們約在學校見面。

只要夏帆沒有穿浴衣，就能降低掉進河裡的風險，但還不能掉以輕心。

從修吾的事可以發現，人無法輕易改變過去。

當天再隨便找個理由在游泳池畔看煙火吧。

幸好穿越時空前已經確認過，從那裡也能清楚地看到煙火。

「好期待明天的到來啊，千尋哥。」

看到笑容滿面的夏帆，胸口隱隱作痛。

「我也……很期待。」

夏帆向他揮手道別，走進屋裡。

瑞希仍站在原地，目送她的背影進屋。

「所以你又把錢花光了，今晚也只有泡麵可以吃嗎？」

「對不起，老師。我原本想煮豬排飯。」

「瑞希同學……你還會煮豬排飯啊？」

「嗯，還行。」

豬排飯是他僅次於漢堡排，第二喜歡的菜色。母親做的豬排飯非常美味。光是在腦海中想像，肚子就餓了。池田似乎也聽見他飢腸轆轆的叫聲，欲言又止地看著他。

「呃……我買了夏帆的鞋，就沒錢吃午飯了……」

「那你也泡一碗麵來吃如何？」

「這個嘛……老師那碗好像是最後一碗了。」

池田愣了一下，瑞希尷尬地猛搖手。

「不不不，請不用在意我！是我不該花光老師給我的錢。而且那些泡麵也都是老師買的。」

池田無奈地嘆氣，從錢包裡抽出一張千圓鈔，遞給瑞希。

「用這些錢去超市買你想吃的東西回來。」

「咦，可以嗎？」

「四年後再還我就行了。」

池田的反應令瑞希莞爾一笑。

「老師看起來……好像都在發呆，其實很善良呢。」

池田面無表情地掀開泡麵的蓋子。

「不僅願意幫助沒有任何計畫就跑來這裡的我，明明不會游泳，卻為了救女朋友而奮不顧身地跳進游泳池，真的好了不起。」

池田小聲地說了一句「我要開動了」，開始吃起泡麵來。

「老師，」

瑞希在桌上探出身子，對池田說：

「老師拯救的女朋友現在人在哪裡？」

池田微微揚起視線，不解地側著頭反問：

「你沒頭沒腦地問這個做什麼？」

「她不在這個鎮上吧？如果她還在這個鎮上，老師應該會知道才對。」

「哪有什麼知不知道的。她是很有名的田徑選手，只要上網查一下，就知道她在哪裡練習了。」

「既然如此，老師為什麼不去找她？」

池田被他問得啞口無言。

「我再問一個問題，她還是單身嗎？」

「是、是又怎樣。」

池田難得地開始無措。瑞希面向慌張的池田接著說：

「老師和她並不是因為討厭對方才分手吧？彼此其實都不想分手不是嗎？老師是為了她的未來才選擇退出，留在這個小鎮吧？」

「那是……四年後的我說的嗎？」

「對。老師都告訴我了。」

池田抱著頭呻吟。

「我都對學生說了些什麼呀……」

「我覺得四年後的老師也還是忘不了她。」

池田猛然抬頭，看著瑞希。瑞希筆直地迎著池田的視線說：

「老師，現在開始也還不遲。你要不要去找她？」

「你在說什麼呀。都已經過了十年。事到如今，我有什麼臉去找她。」

「可是你都有勇氣跳進游泳池、改變過去了，就拿這股勇氣去找她嘛。」

「別說傻話了，快去超市吧。這裡跟東京不一樣，這一帶的超市很早就打烊了。」

池田站起來，抓住瑞希的手臂，把他推出屋外。

「老師……明明還喜歡她。」

「你說什麼？」

「我什麼也沒說！」

瑞希丟下眉頭深鎖的池田，衝下公寓的樓梯。

這一帶販賣食品的商店只有國中旁邊的雜貨店和開在車站那邊的超級市場。池田的住處離雜貨店比較近，但瑞希總覺得不要再遇到那位老婆婆比較好。他忘不了穿越時空前看到那張彷彿洞悉一切的臉。要是讓老婆婆在這裡遇到自己，可能會一眼看穿他來自未來，太可怕了。

而且瑞希也擔心在那裡會遇到認識的人，所以他決定走去比較遠的超級市場。

瑞希吹著晚風，在農田一望無際的鄉間小路上前進。馬路兩旁有一棟沒一棟地零星蓋了一些住宅，幾乎沒有路燈，十分寂寥。

走到與夏帆他們一起讀書的圖書館，還亮著燈的超市映入眼簾。但貌似店長的人已經開始在店頭收拾。時間明明還沒多晚，鄉下的店打烊時間實在太早了。

瑞希衝進快打烊的店裡，瀏覽只剩下寥寥無幾的便當賣場。這時，有個熟悉的聲音從背後傳來。

「可是千尋不是快回來了嗎？」

「對呀，明天就回來了。」

「真了不起啊，已經是東京的大學生了。千尋從小就很優秀呢。」

瑞希趕緊躲到貨架後面。

因為站在那裡聊天的不是別人，正是瑞希的母親和忍的母親。

「怎麼這個時間還在這裡啦……」

情不自禁地脫口而出後，瑞希才想起來。這麼說來，這陣子的母親在打工，每週有幾天差不多都這個時間才回家。

比要參加社團活動的瑞希還晚到家，總是在超市買了東西回來，邊準備晚餐邊說：「抱歉啊，你肚子餓了吧。」

這時候的母親什麼事都會幫他做好，瑞希根本不用自己做飯吃。

千尋不在了以後，母親變了個人，再也不做家事，以前明明那麼喜歡做菜，卻幾乎再也不進廚房了。

忍母親說的話傳進頭低低的瑞希耳中。

「四年後，瑞希也會去東京嗎……」

聽到自己的名字，瑞希的心臟漏跳了一拍。然後聽見瑞希的母親回答：

「那孩子不行啦。」

這句話不偏不倚地刺進瑞希的心坎。感覺母親似乎是在嫌棄自己這個不成材的兒子。

「沒有這回事吧？瑞希很努力，成績也不錯。」

「對呀，與其說是努力，不如說那孩子一直在勉強自己。」

母親說的話完全出乎瑞希的意料之外。

「他好像認為凡事都要跟千尋一樣才行。但他明明只要做他自己就好了。那孩子意外地不服輸呢。」

只要做他自己就好了——瑞希做夢也沒想到，原來母親也這麼想。

千尋永遠那麼完美，自己也必須一樣完美，否則父母和老師會認為自己一無是處……但這只是自己先入為主的強迫觀念，根本沒人這麼要求過他。

「而且瑞希跟千尋不一樣，他很怕寂寞。所以肯定沒辦法自己一個人生活吧。」

瑞希低著頭，用力地握緊雙手。

「再說……如果連瑞希都不在了，我也會很寂寞。」

母親噗哧一笑的聲音在瑞希胸口泛起漣漪。回過神來，淚水已經掉下來了，連忙想擦乾眼淚時，不小心撞到堆在身旁的罐頭。

罐頭發出「匡啷！」的巨響，掉了一地。

「慘了……」

一個、兩個、三個……原本堆成一座小山的罐頭有如雪崩似地倒塌。

「哎呀，不好！」

「怎麼了？沒事吧？」

瑞希的母親和忍的母親朝他跑來。瑞希滿頭大汗，腦海中浮現池田的聲音。

「萬一碰到瑞希同學本人或家人，大家都會驚慌失措吧。」

沒錯。不能見到母親。

母親不可能像夏帆那樣，誤以為自己是千尋，但如果母親發現他就是瑞希，那也很麻煩。母親眼中的瑞希還是國中生，突然長大了不說，而且還說自己穿越時空而來的話，母親大概會嚇壞吧。

「抱歉。」

瑞希丟下這句話，迅速地拉起池田借他的帽T遮住臉。丟下散落滿地的罐頭，逃離現場。

「……瑞希？」

感覺母親好像叫了自己的名字，瑞希頭也不回地衝出超市。

「呼……」

衝出超市，在夜路上全力狂奔。結果沒買到晚飯，還碰倒了罐頭山，就這麼逃之夭夭。

「我在做什麼呀……」

搞成這樣，自己明天真能拯救千尋嗎？

「不，一定要救他才行。」

若不能拯救這個世界的千尋，母親和夏帆都沒有光明的未來。而且池田說過，一生只有一次回到過去的機會。萬一在這個夏天失去千尋，就再也無法重來了。

瑞希停下腳步，仰望天空。漆黑的夜空閃爍著無數的星星。輕輕地閉上雙眼，回想自己在游泳池畔看到的，那天的煙火。

「一定要改變過去。」

睜開眼睛，用力握緊掌心。

為了千尋、為了家人、為了夏帆、為了自己——

一定要改變過去。

第三章

抵達的未來

煙火大會當天早上。瑞希一如往常地在池田的房間裡醒來。

還以為昨晚可能會緊張到睡不著，沒想到睡得意外香甜，就連自己都嚇了一跳。

在被褥上坐起來，環顧狹窄的室內。池田正面向牆邊的桌子，不曉得在看些什麼。

「池田老師。」

瑞希叫他，池田的背驚跳了一下，轉過身來。

「哦，瑞希同學。你起來啦。早安。」

「早安。」

瑞希不解地打招呼，視線移向池田的手邊。

「你在看什麼？」

「啊，沒什麼，這是……」

池田慌張地想藏起手裡的東西，但還是被瑞希湊過去瞄到一眼。

「相片？」

而且是女人的照片。

「這個人……」

池田顯而易見地臉紅了，頻頻推鏡框。

「該不會是老師已經分手的女朋友……吧？」

「不、不是啦。」

「老師果然還是忘不了她。」

「不是你想的那樣啦！」

池田方寸大亂地把相片放回抽屜裡。

「都怪你昨天說了莫名其妙的話，害我想起來。」

池田背過身去。瑞希對他的背影說：

「我很高興老師能選中我。」

池田的肩膀微微抖動。

「謝謝老師告訴我『特別的祕密』，我才能來到這裡，真是太好了。」

沉默了半晌後，池田喃喃自語：

「我只是說了一個民間傳說，鼓起勇氣跳進游泳池的是你自己。」

瑞希微微一笑，繼續對著池田的背影說：

「是的。所以這次希望老師也能再鼓起勇氣一次。」

池田慢條斯理地轉過身來。瑞希笑著對他說：

「我希望老師也能得到幸福。」

池田又推了一下眼鏡，站起來。

「與其擔心別人，不如擔心你自己。今天終於要決勝負了。」

「我知道！」

瑞希握緊拳頭，池田輕聲抱怨：「我擔心得睡不著喔。」

與池田一起吃完麵包，瑞希獨自離開公寓。

今晚確定千尋和夏帆平安無事後，他就要跳進游泳池，回到四年後。

可是在那之前，他無論如何都想去一個地方。

那就是夏帆不小心失足跌落河裡，千尋為救她而喪命的地方。

瑞希在不斷上升的氣溫下一步一步地前進。走過杳無人煙的鄉間小路，爬上平緩的坡道。

他其實很不想去。總覺得那裡是絕對不能靠近的地方，即使在千尋已經不在的世界，他也不曾去過。

但他就是無論如何都放心不下。

那天，千尋和夏帆最後一起去的地方。

「到了……」

他們抵達的目的地是一座小型的兒童公園。明明是暑假，卻沒有兒童在這裡玩。

走進綠意盎然的公園。瑞希以前經常和千尋、夏帆在這裡玩。

當時看起來很高的溜滑梯，如今看起來迷你到不行，鞦韆看起來也很老舊。

這麼說來，他們三個人經常在這裡盪鞦韆。每次都是夏帆提議，比賽誰盪得高。

千尋大他們四歲，說不定覺得很無聊，但總是毫無怨言地陪他們玩。

每年煙火大會這天，他們都會一起在這座公園後面的「祕密基地」看煙火。

瑞希吞了一口口水後，踩著雜草，慢慢地走向公園後面。

撥開藤蔓互相糾纏，宛如隧道的低矮灌木叢，彎著腰前進。

走著走著，前方出現了可以俯瞰河流的空間。四周圍著木頭欄杆，是個類似小觀景台的場所。

以前緊鄰公園，但隨著沒有人修剪草木，逐漸變成沒有人會來的地方。因此對孩子們而言，就成了大人不知道的祕密基地。

晚上很暗，所以每逢煙火大會這天，他們會帶上手電筒，抱著像是要去試膽大會的心情出門。父母告誡過他們：「那裡太暗了，很危險。」但是因為有安全的欄杆圍著，再加上可以清楚地看見煙火，所以他們每年都會來這裡看煙火。

「所以夏帆和千尋那天也來這裡看煙火。」

只有他們兩個人。

胸口隱隱作痛。

瑞希慎重地邁開腳步，靠近河邊。雖然不是很高，但前面就是斷崖，再過去就是河裡了。腳邊都是土，輕輕一踢，小石頭就會淅瀝嘩啦地掉進河裡。

愈靠近欄杆的地方，煙火看得愈清楚。夏帆大概是靠近這裡，差點掉下去的時候，一把抓住欄杆……

瑞希伸出手，摸了摸欄杆。欄杆晃動，感覺很不穩定。要是把全身的體重靠上去，大概會傾倒，掉進河裡吧。

「都怪這個欄杆……」

夏帆才會連人帶欄杆掉進河裡，千尋跳下去救她。不走運的是掉下去的地方突然變得很深，水流也很複雜。

換作平常，千尋不可能溺水……但千尋把夏帆推上岸之後就筋疲力盡地沉入河底了。

瑞希深呼吸，讓自己冷靜下來。拿出事先裝在袋子裡的紙和膠帶，貼在欄杆上。

「這裡的欄杆壞掉了。很危險！千萬不要靠近！」

他在池田的房間裡借了紙筆，寫下警告標語。

池田交代他不要過度改變過去，但是只有這樣的話應該不要緊吧。要是有人代替夏帆掉下去就糟了。

為了慎重起見，他還想拜託管理公園的鎮公所來修理，但今天是假日，電話打不通。

「我晚點再請鎮公所派人來修理。總而言之，放煙火的時候，你們千萬不要靠近那裡。」

既然池田都這麼說了，他也無法再做什麼。
總之今晚絕不能讓千尋和夏帆靠近這裡。
瑞希又在心裡發誓，離開祕密基地。

「池田老師，真的非常感謝你的照顧。」
到了傍晚，瑞希在池田家的玄關前向他低頭致謝。
天空逐漸染上夕陽餘暉。當這片天空逐漸暗下來，煙火大會就開始了。今天的風有些強勁，但如果只是這種程度的風勢，應該還是會照常舉行。聽說四年前的那天風也很大。
池田不發一語地點點頭，對瑞希說：
「你說意外是發生在開始施放煙火的十五分鐘後。」
「對。」
「那你一定要特別小心那個時刻。即使改變了小事，大事可能依舊會在幾乎同一個時間發生。就算今晚在別的地方看煙火，可能也會發生什麼危險的事也說不定。」
池田國中時代也曾回到過去，所以這大概是他的經驗談。

瑞希也因為無法避免修吾受傷而深刻地感受到這一點。
「好的，我會小心。」
池田拍了拍瑞希的肩膀。
「希望你能改變未來，四年後笑著來見我。」
池田這句話讓瑞希感到胸口一陣灼熱。
「好的。四年後再見吧。」
池田頷首，瑞希又對他行了一禮，離開他的住處。
瑞希和夏帆約在國中的校門口見面。
可是前往約定的地點前，瑞希想先去一個地方。

瑞希回到老家附近，躲在鄰居家的籬笆後面，望向自己熟悉的家。
剛才已經確認過母親驅車前往車站了。千尋今晚從東京回來，母親大概是去接他吧。
聽說意外發生那天，千尋在途中下車，逕自前往與夏帆約好的地點。
「可是今天，千尋並未與夏帆有約。」
因為跟夏帆約好的是瑞希。

但願千尋就這樣搭母親的車回家，哪兒也別去。這麼一來就不會發生意外，他就能繼續擁有美好的未來。

汽車的引擎聲逐漸靠近，瑞希從籬笆後面緊盯著自己家看。

母親的小客車停在家門口，令人好生懷念的人物下車。

「哥……」

提著大行李，正與母親說話的人，是瑞希原以為這輩子再也見不著面的哥哥千尋。

忍不住熱淚盈眶，瑞希用力地咬緊下唇。

「瑞希那傢伙，居然一個人跑去外婆家了？」

聽到千尋的聲音了。好懷念的聲音。好想再多聽一點，瑞希小心不要被發現，躡手躡腳地靠近。

「對呀。我都說你馬上就回來了，要他稍安勿躁。」

「那小子還是這麼急性子呢。」

千尋的笑聲傳入耳中，胸口一陣灼熱。

「那今年就在院子裡看煙火吧。」

「咦，夏帆呢？你們不是每年都三個人一起去看煙火嗎？」

母親問道，瑞希拚命忍住想衝出去的心情。

媽，拜託妳，別多話。

「夏帆今年沒約我，可能要跟別人去吧。像是朋友或男朋友。」

罪惡感突然湧上心頭。

「抱歉，夏帆……我騙了妳。」

瑞希在心裡向夏帆道歉。

「幸好妳明年就能跟千尋一起去了。」

瑞希用力地握緊雙手。

「我一定會守護你們的未來。」

母親打開玄關門，招呼千尋進屋。

「那時間雖然還早，先來吃晚飯吧。我今晚做了你最愛吃的菜喔。」

「炸蝦嗎？」

「答對了！」

母親輕輕地推了人高馬大的千尋一下。兩人相視微笑，走進家門。確定玄關門關上後，瑞希吐出如釋重負的大氣。

夜幕開始低垂，煙火大會的時間一分一秒地逼近。

「拜託你們，今晚就乖乖地待在家裡吧。」

瑞希喃喃自語，背後傳來鄰居打開玄關門的聲音。是經常分東西給他們吃的鄰居太太。被她看見就糟了。

瑞希離開燈火輝煌的自己家，奔向與夏帆約好的地點。

抵達約好的校門口，夏帆還沒來。看了一下校舍的鐘，剛好是約定好的時間。

穿著浴衣的人們從瑞希面前走過，有說有笑地走向河邊，每個人看起來都很開心。

可是瑞希卻漸漸不安起來。

看了好幾次鐘，已經過了約定的時間。

「怎麼了？」

夏帆是很守時的人。每次對時間漫不經心的修吾遲到時，她都會火冒三丈，所以她基本上不會遲到。

「出了什麼事？」

該不會已經掉進河裡了？

「改變重大的過去可不是一件容易的事。」
猛然想起池田說過的話，一把冷汗順著背脊往下淌。
「夏帆！」
瑞希耐不住性子地狂喊她的名字，引來路人莫名其妙的目光。
怎麼辦？該怎麼做才好？
要去找她嗎？可是該上哪去找？煙火大會的會場？還是她根本還沒出門？
「可惡！妳到底在哪裡啦！夏帆。」
「千尋哥？」
聽見夏帆的聲音，瑞希驀然回首。
只見夏帆正一頭霧水地站在自己背後。身上是她常穿的T恤和短褲，腳底下踩著昨天剛買的白色球鞋，還戴了頂鴨舌帽。
「夏帆！」
「抱歉，我遲到了。」
夏帆在瑞希面前笑著說。
「我去買這個。可以邊走邊吃。」
看到夏帆手裡的水藍色冰棒，瑞希快要哭出來了。

「千尋哥，你怎麼了？」

「抱歉……」

瑞希趕緊用拳頭揉眼睛。

我在搞什麼呀。現在可不是哭的時候。接下來只要平安無事地看完煙火，再回到四年後的世界就行了。

「千尋哥……原來這麼愛哭啊？」

「不是啦……這是因為……」

「這點跟瑞希好像。」

心臟噗通地跳了一大下。額頭滲出冷汗。

「瑞、瑞希是愛哭鬼嗎？」

「對呀。無論是不小心跌倒，還是被媽媽罵的時候，總是動不動就掉眼淚。」

夏帆莞爾一笑後，遞出冰棒：「給你。」

瑞希看著冰棒，腦海中浮現出盛夏的游泳池和夏帆的笑臉。

瑞希緩緩地伸手，接過夏帆手中的冰棒。

「謝謝。」

夏帆嫣然一笑。

「走吧，千尋哥。」

瑞希鬆了一口氣，夏帆有點不好意思地挽住他的手臂。

「可以嗎？只有今天。」

「欸，可、可以啊。」

「那我們走吧。」

夏帆拖著瑞希就要往前走，瑞希連忙阻止她。

「等一下！妳要去哪裡？」

「哪裡？當然是老地方啊。」

「不要去那裡。今年就在學校的游泳池看吧。」

「為什麼？」

夏帆不滿地噘著嘴抗議。

「為什麼要改在游泳池看？人家想在老地方跟千尋哥一起看煙火！」

「從游泳池也可以看得很清楚喔。」

「千尋哥，你又沒有從游泳池看過煙火。」

「啊，是沒有，但我猜應該可以看得很清楚……大概吧。」

見瑞希辭不達意的樣子，夏帆更不樂意了。

「我不要在游泳池看！我要去老地方！」

求求妳了，別任性。這裡比較安全。

只見夏帆突然以撒嬌的語氣對他說：

「因為……今年可能是最後一次一起看煙火了。」

「咦？」

夏帆低下頭，緊緊地抓住瑞希的手臂。

今年是最後一次？什麼意思？

夏帆在茫然自失的瑞希面前抬起頭來說：

「拜託你。我以後不會再強人所難了。可否答應青梅竹馬的最後一次請求？」

瑞希無言以對地凝視夏帆。

這或許是她第一次以如此真摯的眼神看著自己。

夏帆在想什麼，為什麼會說出「最後一次」這種話。

「心情愈強烈，硬要改變這個過去想必也愈困難。」

池田說的話又浮現腦海。

這時，只有聲音、沒有形狀的煙火「砰、砰！」地打上夜空。示意煙火大會就要開始了。瑞希把夏帆的手從自己的手臂上扒開。

「千尋哥？」

然後用自己的手笨拙地握住夏帆的手。

「既然如此，妳要答應我一件事。絕不能放開我的手。」

夏帆愣了一下，臉頰微微泛紅，點點頭說：「嗯。」

瑞希牽著夏帆的手，啃著另一隻手裡的冰棒，與人潮逆向而行。

想當然，他一點也不想去那個地方。但又無論如何無法拒絕夏帆那句『最後的請求』，為此耿耿於懷。

從學校爬上平緩的坡道，公園隨即映入眼簾。心臟噗通噗通地跳得吵死了。

「果然沒有其他人呢。」

遊戲設施的周圍沒有半個人。這一帶的人為了能更近地看到煙火，大概都去河邊了。

瑞希任由夏帆拖著自己穿梭在溜滑梯及鞦韆之間。撥開宛如隧道般的草木，繼續往裡面走，來到可以俯瞰河流的場所。

「到了！」

眼看夏帆就要衝向扶手，瑞希使勁拉住她的手。

「不可以過去。」

「咦，為什麼？」

「妳看，那裡不是有一張紙……欸？」

瑞希今天早上貼的紙不見了，只剩下膠帶。

與此同時，颳過一陣強風，夏帆用手壓住帽子。

難不成他貼的紙被風吹走了？

「為什麼不行？」

當著一頭霧水的夏帆，瑞希什麼話也說不出來。

如果告訴她欄杆壞了，她大概會反問「你怎麼知道？」吧。

難道要推倒欄杆，證明危險給她看嗎？

「你現在是千尋同學喔。發生意外死掉的人可能是你也說不定。」

不，不行。自己說不定會掉進河裡。不能冒這種險。

「不、不行就是不行。靠近河邊太危險了。」

夏帆聞言，噗哧一笑。

「千尋哥真是的，好像老媽子啊。你從小就經常叮嚀我們要注意安全呢。」

夏帆笑吟吟地對瑞希說。

「我知道了。好吧，就從這裡看吧。」

瑞希深深嘆息。

這時，一朵巨大的煙火升上夜空。

砰——！

黑暗中，煙火的聲音響徹雲霄。

「哇……」

與夏帆同時抬頭，只見空中開出一朵又一朵的煙火。

「哇，好壯觀！」

「對呀……」

七彩斑斕的煙火在夜空閃爍。夏帆雙眼閃閃發光地仰望夜空，臉頰也染上了煙火的顏色。

「好漂亮、好漂亮！千尋哥，你看到了嗎？」

「看到了。」

看到夏帆手舞足蹈的模樣。

去年也是、前年也是、再前一年也是，他都看到了。

好希望從今以後也能繼續看到。

「好美啊……千尋哥。」

從夏帆口中聽到的名字刺痛瑞希的胸口。

夏帆……抱歉，我不是千尋。抱歉，我騙了妳。

幸好再過不久，冒牌貨就會消失。明年夏帆就能跟千尋本人一起看煙火了。

所以只有現在……再給我一點時間……

一朵特別大的煙火占滿整片夜空，煙火炸開的重低音震動著他們的丹田。

「要是瑞希也來就好了……」

夏帆凝視染成五顏六色的夜空，輕聲細語。

「真是的，這或許是最後一次了。」

最後一次……

「夏帆，這句話到底是什麼意思？」

「千尋哥。」

夏帆放開瑞希的手，從斜背的側背包裡拿出一樣東西。

「這個，可以請你收下嗎？」
小小的紙袋上印著購物商城裡那家雜貨店的商標。不用看也知道裡面是什麼。大概是那個彈珠的手機吊飾。
「謝謝你一直對我這麼好。這是感謝你一直照顧我的謝禮。」
「妳在說什麼呀。」
周圍一片昏暗，看不清夏帆的表情。
「我們今後也會一直在一起吧？」
「是這樣的嗎……」
煙火在夜空盛開。夏帆有些寂寥的表情浮現在黑暗中。
「是這樣的啊。妳沒頭沒腦地說什麼呀。」
「可是，千尋哥已經去了東京不是嗎？瑞希也說他不來……大家都變了。不可能永遠都像小時候一樣，總是三個人玩在一起了。」
夏帆是這樣想的嗎？
「也不曉得千尋哥明年夏天還會不會回來。瑞希也是，或許不想再跟我一起看煙火了。所以我猜今年可能是最後一次。雖然很孤單，但這也是沒辦法的事吧？」

瑞希用力地握緊掌心。

別擔心。不用擔心，夏帆。

確實可能再也無法三個人一起看煙火了……但夏帆以後還能跟千尋一起看煙火。不只明年，還有後年……

夏帆在沉默不語的瑞希面前微微一笑，把小紙袋塞進他懷裡。

「總之請你收下這個。」

瑞希直勾勾地低頭看著塞進自己懷裡的小袋子，推回夏帆手裡。

「我不能收。」

「欸……」

因為這是要送給重視的人吧？夏帆重視的人不是我。

「我現在……不能收。」

「為什麼？」

瑞希把視線從夏帆身上移開，小聲呢喃：

「這個……等放完煙火再給我。」

夏帆毫無反應。

瑞希不動聲色地往旁邊瞥了一眼，窺見夏帆臉上浮現出不知所措的表情。

「因為我……今天兩手空空就來了。這麼重要的東西，要是塞進口袋裡，不小心掉了不是很糟糕嗎？對了，妳明天可以帶著這個再來我家一趟嗎？到時候我一定會感恩戴德地收下。」

夏帆露出不太能接受的表情，但似乎也拗不過他，把袋子收回包包裡。

「好吧。那你明天願意收下吧？」

「嗯。」

明天，千尋一定會收下喔。

「謝謝妳，夏帆。」

聽到瑞希這句話，夏帆總算笑逐顏開。

耳邊又響起砰然巨響，夜空充滿絢爛的煙火。

「哇，好壯觀！美極了！」

「哇，真的耶。」

「瑞希也來就好了。那傢伙真是個傻瓜。」

傻瓜這句話是多餘的。

「哇，你有看到剛才的煙火嗎？是心形的喔！」

「欸，剛才那是心形的煙火？我看不出來。」

「那絕對是心形！」
「才不是呢。」
「啊，又出現了！心形的煙火。」
「欸，哪裡？」
「你的反應太慢了啦！都已經消失了！」
夏帆氣呼呼地說。她的表情好可愛，瑞希不禁莞爾。已經幾年沒有這麼愉快的心情了。
「啊，你快看，那朵煙火好漂亮！」
「對呀，好漂亮。」
是特大號的火樹銀花煙火。拖著長長的尾巴，下起黃金雨。
「好像星星從天上掉下來呢。」
正如夏帆所說，彷彿從天而降的金色繁星。
真希望能永遠這樣下去。
瑞希悄悄地伸出手，尋找夏帆的手。指尖與指尖輕觸，瑞希正要握住她的手時。
「啊……」

那一瞬間，一陣強風吹來，將夏帆的帽子吹到空中。

「我的帽子！」

夏帆放開瑞希的手。瑞希大驚失色，因為夏帆的背影正筆直地奔向欄杆。

「夏帆！等等！不可以過去！」

但夏帆並未停下腳步。不顧一切地追著飛走的帽子，完全沒有看見前方壞掉的欄杆。

「不可以！夏帆！停下來！」

追什麼帽子嘛。那邊的懸崖太危險了。

瑞希用力地狂奔，穿過黑暗，把手伸向夏帆。

帽子飛到欄杆外側。夏帆不假思索地把身體靠在欄杆上，探出身子去撈。

「哎呀……」

欄杆劇烈搖晃，與夏帆的身體一起倒向懸崖。腳下鬆動，泥土和小石頭發出啪啦啪啦的聲音，掉落懸崖。

「夏帆！」

夏帆用球鞋使勁地踩住地面，試圖穩住身體。只可惜沒辦法馬上取回身體的平衡，與欄杆一起落向河面。

老天保佑！一定要讓我趕上！
「夏帆！抓住我的手！」
在黑暗中與回頭的夏帆對上眼。夏帆一面往河裡墜落，仍奮力地伸出手。
夏帆一定能得救，他絕不會重蹈千尋的覆轍，絕不讓夏帆哭泣。
一定要靠這雙手改變過去與未來！
空中開出一朵金色的花。瞬間照亮了黑暗，光燦耀眼。
瑞希一把抓住夏帆的手，用盡所有的力氣把她的身體拉回來。
抱著夏帆，一屁股跌坐在地面上的同時，耳邊傳來煙火「砰！」的一聲巨響，眼前是倒塌的欄杆從懸崖上掉下去的畫面。
「夏帆……」
還有夏帆一臉呆滯的表情。瑞希輕輕地放開夏帆的身體，盯著自己的手看。
這雙手辦到了。夏帆沒有掉進河裡，自己也毫髮無傷。
移動視線，夏帆簇新的球鞋被泥巴弄髒了。萬一她穿了木屐，肯定更不容易取回平衡，可能會更危險。
「我的帽子……」
夏帆的聲音夾雜在煙火的聲音裡傳來。

「帽子掉了。」

瑞希氣急敗壞地抬頭，對頹坐在眼前的夏帆大吼：

「帽子掉了就掉了！我不是叫妳別靠近欄杆嗎？妳為什麼就是不聽呢！差點連妳都掉下去了！」

「可是那頂帽子⋯⋯」

夏帆臉上充滿委屈的神色。

「是瑞希買給我的，是我很重要的帽子。」

那一瞬間，瑞希想起國中開學前去的那家購物中心。

和母親走散，兩個人在店裡走來走去時，夏帆拿起一頂白色的鴨舌帽。

「這頂帽子好可愛！」

「有嗎？」

夏帆選的帽子給人的感覺與其說是可愛，更偏男孩子氣一點，看起來很帥。但瑞希覺得或許很適合短髮的夏帆。

「我想要這頂帽子。可是我沒帶錢。」

「叫妳媽買給妳嘛。」

「想得美。前陣子才讓媽媽買鞋子給我，媽媽不會再買給我了。」

夏帆說道，依依不捨地把帽子放回原位。看到她可憐兮兮的樣子，瑞希想也不想地脫口而出：

「那我買給妳好了。」

「什麼？」

夏帆愣了一下，興匆匆地探出身體。

「騙人的吧，真的假的？瑞希要買給我？」

「嗯，對啊。我身上有零用錢。」

「啊，我懂了。你打算之後再叫我還錢吧？」

「才不會呢！我不是說我要買給妳嗎！」

「你突然這麼好心，太恐怖了……」

夏帆目不轉睛地觀察瑞希的表情，嫣然一笑。

「太棒了！謝謝你，瑞希。我一定會好好珍惜！」

他還以為自己會永遠記得夏帆那天的笑容，沒想到不知不覺間忘得一乾二淨了。

「帽子不重要。」

瑞希又伸出手去，輕觸夏帆的背。

「比起帽子，夏帆更重要。」

夏帆一臉怔忡，瑞希擁住她的身體。

「帽子那種東西，以後要多少我都可以買給妳。」

煙火的聲音響徹雲霄。瑞希一面聽著煙火的爆炸聲，一面抱緊夏帆的身體。

她的身體好溫暖、好柔軟。再次深深地感受到夏帆還活著。

「難不成……」

夏帆的聲音從瑞希懷裡傳來。

「你在哭？」

瑞希搖頭，但眼淚怎麼也止不住。

放鬆雙手的力道，夏帆慢慢地離開他的懷抱。

四目相交，她的眼眸反映出瑞希的臉。

夏帆伸出手。她的指尖碰到瑞希的眼角，輕輕地拭去他的淚水。

「瑞希？」

聽到這個名字，瑞希大吃一驚。

「你該不會是瑞希吧？」

夏帆的視線不偏不倚地盯著瑞希看。

瑞希拚命搖頭，但總覺得只要開口，一切都會穿幫。

因為夏帆從小就一直守在瑞希身邊。

耳邊再度傳來巨響，大紅色的煙火在夜空綻放。眼前的夏帆也紅了臉。

糟了，煙火大會快結束了。必須在煙火大會結束前送夏帆回家，自己也跳進游泳池才行。

「夏帆……」

好不容易擠出聲音時，眼前的夏帆被燈光照亮。

「妳在這裡嗎？夏帆。」

男人的聲音從黑暗裡傳來。是瑞希也很熟悉的聲音。

是千尋。

看不清他的身影，但手機的燈光確實朝向這邊，千尋正朝他們走來。

下意識地望向夏帆。夏帆正一臉茫然地輪流打量瑞希和手裡拿著燈光的人。

她的腦袋肯定亂成一團吧。這也難怪。

她明明和千尋在一起，卻出現了另一個疑似千尋的人。

「妳是夏帆吧？我找了妳好久。」

瑞希不敢發出聲音，他不能再待在這裡了。

「是鄰居太太告訴我的，說妳和我去看煙火了。但我們並沒有約，所以這是怎麼回事……」

來人在那裡停下腳步。照亮夏帆的燈光轉到瑞希身上。

「誰在那裡？」

這時，千尋似乎總算注意到另一個人的存在。

瑞希用力握緊夏帆的手。夏帆的肩膀微微顫抖。

「夏帆，你們一起回家。」

「咦……」

「妳知道這裡很危險吧。所以哪兒也別去，直接回家。懂了嗎？」

瑞希說完，放開夏帆的手。夏帆凝視著他。

「再見，夏帆。」

瑞希站起來，拔腿就跑。丟下夏帆，朝光線傳來的方向狂奔。

「等一下！」

夏帆想叫住他，但瑞希頭也不回地往前衝。

「慢著！」

不料千尋一把抓住瑞希的手臂。瑞希下意識回頭看，哥哥令人懷念的臉浮現在黑暗中。

複雜的情緒從內心深處泉湧而出。

從小就離自己最近的哥哥。既是瑞希崇拜的對象，也是瑞希引以為傲的存在。還以為此生再也無緣得見的哥哥。

哥哥現在就在自己面前。

「咦……瑞希？」

千尋呼喚他的名字，瑞希別過臉，甩開千尋的手。

「等一下啦！」

聲音從黑暗中傳來。

瑞希沒有回頭，撥開草木，穿梭在遊戲設施間。

怎麼也沒想到千尋會找到這裡來。沒問題吧。

但願兩人都能平安無事地回家，什麼事也不要發生。

煙火在空中響個不停，瑞希頭也不回地衝出公園。

「啊！」

瑞希在走出公園的地方停下腳步。

有個男人站在眼前。明明是大熱天，卻披著黑色的風衣，戴著黑色的口罩和黑色的太陽眼鏡，看起來十分可疑……

「池田老師？你在做什麼？」

一如瑞希所料，以慢條斯理的動作摘下太陽眼鏡的人正是池田。

「怎麼打扮成這樣……怎麼會出現在這裡！」

池田看著瑞希，無可奈何地嘆息。

「你果然在這裡，瑞希同學。你不是說要在學校的游泳池看煙火嗎？」

「對不起。可是我阻止夏帆出事了，雖然那一瞬間真的非常危險。」

「已經過了他們原本出意外的時間，我想應該已經沒問題了。」

池田看了看手錶之後，推了瑞希一把。

「換你了，得快點跳進游泳池才行。煙火大會就快結束了。」

「好的。可是……」

「真的千尋同學也來了對吧？」

「你怎麼知道？」

「以防萬一，我從開始放煙火就監視著千尋同學。」

監視……難不成他是為了變裝才打扮得如此詭異？反而更引人注目好嗎？

「結果看到鄰居太太拿料理去你們家分享，說了不必要的話……」

池田說到這裡，看到瑞希的身後，緊張地說：

「他們好像回來了。瑞希同學，你快走。」

「可是……」

「我明白。我會繼續監視，直到他們兩個都平安回家。」

「老師……」

池田對他豎起大拇指。這個動作太不適合他了，瑞希忍不住噗哧一笑。

「老師！謝謝你！」

「快去吧！」

「那個，老師，我……我希望有一天能成為像老師這樣的老師！」

池田頓時雙眼圓睜，隨即揮手驅趕瑞希。

「別說了，快走吧！」

「好的！」

瑞希背向池田，拔腿就跑。

不用急著現在說也沒關係，但這是他的真心話。是老師教會他，即使是不中用的自己，也有自己才能辦到的事。所以他也想成為老師，如果有一天再遇見像自己這樣的學生，希望能助對方一臂之力。

衝下坡，一口氣穿過學校。附近的人都站在路邊看煙火，大聲歡呼。

就快到最後高潮了。他其實想親眼確認那兩個人回家，但已經沒有時間了。剩下的就交給池田老師，先回到四年後的世界吧。

攀上學校的護欄，闖入游泳池畔。在這種時間出現在這種地方，完全是不折不扣的可疑人物，但現在已經顧不得這麼多了。

「啊……」

煙火在耳邊「砰、砰！」作響，五顏六色的煙火倒映在游泳池的水面上。紅、藍、綠、紫……再熟悉不過的水面上盪漾著七彩燦爛的絢麗光影。

瑞希緊張地嚥了一口口水。

老實說，他還是很怕水。可是如果不跳進去，就無法回到原本的世界。原本的世界一定會與過去截然不同吧。

千尋還活著，瑞希的家人也跟以前一樣，夏帆臉上充滿歡笑……但願能變成那樣的世界。

看到千尋身旁的夏帆，大概會覺得很痛苦，但絕對比看到夏帆哭泣的表情好一百倍。

「夏帆……」

煙火陸續打上夜空。水面餘波盪漾，色彩鮮明繽紛。

瑞希聽著煙火的聲音，朝磁磚用力一蹬，一頭栽進漂浮在水面上的煙火裡。

噗通——

從五彩斑斕的水面被吸進幽深陰暗的水底，瑞希拚命尋找終點。

※

「我說瑞希，你到底要哭到什麼時候啊？」

耳邊傳來年幼女童的聲音。睜開雙眼，穿著T恤和短褲，頭髮也剪得短短的女孩走在前面。

河畔令人懷念的鄉間小路，眼前的光景十分模糊……瑞希這才發現自己在哭。

「真是的，瑞希真是愛哭鬼！」

回過頭來如此說道，臉上餘怒未消的女孩是還沒上小學的夏帆。

瑞希揉了揉眼睛，定睛一看，夏帆的下半身濕透了。

啊，對了。現在是幼稚園的暑假。那天，瑞希不小心失足掉進河裡，是夏帆拉他起來的。

都說沒有大人陪同的話，小孩不可以靠近河邊，但因為瑞希的球從堤防上滾下去，瑞希連忙去追，不知不覺就追到水邊了。

結果毫無意外地摔了一跤，整張臉朝下地撲進水裡。

幸好是淺灘，也沒有受傷，但瑞希嚇了一跳，當場大哭起來。是夏帆救了他。

「沒事吧？」

夏帆的聲音從頭上傳來。

「瑞希，抓住我的手。」

夏帆朝瑞希伸出小小的手。她的手非常可靠，另一方面，愛哭的自己好沒用，眼淚又奪眶而出。

「你到底要哭到什麼時候！」

夏帆站在鄉間小路上，瞪著瑞希說。她走過來，輕輕地用指尖拭去瑞希的淚水。

見瑞希一臉茫然，夏帆笑得跟平常一樣燦爛。

「不過搞成這樣，一定會被媽媽罵吧。」

夏帆輪流打量瑞希和自己濕透的衣服說。瑞希腦海中浮現出母親盛怒的表情，眼淚又要掉下來了。

「我媽生起氣來很恐怖喔。」

「……我媽也是。」

「瑞希要是被媽媽罵了，又要哭了對吧？」

看到哈哈大笑的夏帆，瑞希小聲地說：

「為什麼……夏帆都不會哭呢？」

不管是跌倒的時候、挨罵的時候、還是被壞孩子欺負的時候……瑞希從來沒看過夏帆的眼淚。

瑞希覺得這個從小一起長大的女孩堅強得不可思議。

「欸……這是因為……」

夏帆有些害臊地笑著回答。
「因為我如果哭了，就不能保護瑞希啦。」
這句話令瑞希大受打擊。
「我、我……才不需要夏帆的保護！」
「是嗎？可是你明明這麼弱。」
「我、我一定會變強！」
「真的嗎？」
夏帆觀察瑞希的表情，不懷好意地笑了。然後直視瑞希的雙眼說：
「那你可以答應我嗎？哪天當我陷入危機的時候，瑞希要來救我。」
「好，我答應妳！」
「既然如此就來打勾勾。」
夏帆在瑞希面前伸出纖細的小指。瑞希用自己的小指勾住她的手指。
「打勾勾，說話不算話的人要被揍一萬拳、再吞一千根針！」
夏帆唱歌似地說完這句話，放開瑞希的手指，豪爽一笑。
「我很期待瑞希變強喔。」
年幼的瑞希看著夏帆的笑容，拚命思考。

要怎麼做，才能變得比夏帆還強呢。
要長得比夏帆還高、跑得比夏帆還快、變得比夏帆更有力氣……得拚命努力才行。
從小到大，他做了各式各樣的努力。可是不管他再怎麼努力，瑞希面前都有一堵難以超越的高牆。
「千尋哥好厲害啊！又考了一百分對吧？」
「你看了千尋哥游泳嗎？好帥啊！」
夏帆崇拜的人是千尋，是他再怎麼努力也無法企及的目標。
所以忘了從什麼時候開始，他放棄努力……認定自己什麼也不是。
可是——
「夏帆！抓住我的手！」
這雙手辦到了。他救了夏帆。
阿彌陀佛、耶穌基督，請務必讓夏帆恢復笑容。
請保佑夏帆永遠都能待在千尋的身旁微笑著。

✻

「咳咳咳……」

瑞希呼出一口大氣。睜開雙眼，人在伸手不見五指的漆黑水中。

這裡是哪裡？好難過。喘不過氣來。

放眼望去，自己置身於好黑好暗的水底。不知該往哪去。

再這樣下去，大概會沒命吧。

「才、才不要……」

就算未來會讓自己感到痛苦，他也還不想死。

至少……至少……他想親眼確認自己做的一切是不是對的。

他想再次看到——夏帆的笑容。

「……希。」

聽見聲音，瑞希恍然回神。

「瑞希。」

儘管就快要溺水了，他仍仰望聲音的來處。

「瑞希！」

黑暗中有一道光線。
夏帆正在呼喚他。
瑞希拚命撥水，用腳踢水，游向光線傳來的方向。
光線彷彿要為瑞希引路，紅、藍、綠、紫地變換著顏色。簡直像是打上夜空，炫爛奪目的煙火。
「夏帆……」
擠出最後的力氣，把臉探出水面。隨著濺起的水花，聽見撼動心靈的「砰！」一聲巨響。
「……煙火。」
頭上的夜空開出五顏六色的花朵。當那些花一口氣散落消失，聲音傳入瑞希耳中。
「瑞希？」
瑞希大吃一驚，望向聲音的來處。有個人正跪在游泳池畔，低頭看著他。
「怎麼會……」
瑞希確定自己有腳後，慢慢地在水中前進。又有煙火升空，將水面與那個人的臉染成金色。

「夏帆怎麼會在這裡？」

游到泳池邊，看得清清楚楚。正以泫然欲泣的表情凝視瑞希的並不是國中生的夏帆。

盤起長髮，穿著深藍色的布料點綴著牽牛花圖案的浴衣。

「怎麼會……」

瑞希又問了一遍，夏帆破顏一笑。隨即從她的眼角落下一顆晶瑩的淚珠。

「夏帆……」

笑中帶淚的夏帆頭上綻開一朵麗似夏花的煙火。

全身濕透地爬上游泳池畔，瑞希當場癱倒在地上。感覺身體好重，呼吸困難。

「沒事吧？」

但現在比起痛苦的感受，他更想知道這個狀況是怎麼一回事。

「我沒事……」

靜靜地抬起頭來，看著眼前的夏帆。夏帆眼瞳濕潤，溫柔微笑。

夏帆背後是老舊的綠色護欄。

沒錯，這裡是瑞希再熟悉不過的學校游泳池。眼前的人則是十九歲的夏帆。

「呃，現在是……幾年幾月幾日？」

夏帆噗哧一笑，從放在旁邊的包包裡拿出手機，打開螢幕給瑞希看。

二〇二三年八月十五日

手機顯示上述日期。

「我……回來了。」

回到四年後的世界了。可是為什麼——

「這個給你。」

夏帆不曉得什麼時候拿出一條大毛巾，遞給瑞希。

「我一向隨身攜帶很多毛巾。」

想起還是國中生的夏帆說過的話，瑞希接過毛巾。

「……謝謝。」

用夏帆給他的毛巾擦臉，懷念的柔軟劑香味撲鼻而來。

瑞希緩過一口氣來問夏帆：

「夏帆……妳怎麼會在這裡？」
坐在瑞希面前的夏帆靜靜地點頭回答：
「我在等你。」
「等我？」
「我一直在等……能在這裡見到你的日子。」
煙火在夜空中綻放，染紅了夏帆早已變成大人樣的臉。
夏帆在等我？在這裡？為了見我？
腦中一片混亂，現在是什麼情況。
難道是因為自己改變過去，導致未來變了樣？
夏帆窺探瑞希抱頭苦思的表情。
「瑞希？」
「等等……我有點混亂……」
瑞希說到一半，夏帆強行打斷他的話頭。
「混亂的是我吧！你假扮成千尋哥，說謊騙我吧？」
「欸……妳怎麼知道……」
「不僅如此，真正的千尋哥出現時，你突然就不見了。太過分了！」

「千尋……」
聽到這個名字，瑞希急忙追問：
「千尋……千尋還活著吧？」
只見夏帆恢復原本平靜的表情，「嗯」地微微頷首。
千尋還活著，他真的阻止那場意外發生了。
也就是說，千尋和夏帆現在……
瑞希端正坐姿，下定決心問夏帆：
「那、那……在那之後……夏帆和千尋……交往了嗎？」
「嗯，我們交往了。」
瑞希深深地吐出一口氣。
太好了，未來就跟他寫的劇本一樣。
他又看了夏帆一眼。
她穿著為了讓千尋覺得自己變成熟而買的牽牛花浴衣。
老實說，他覺得國中時的夏帆並不適合這件浴衣，但是穿在現在的夏帆身上非常好看。
「這樣啊……太好了……」

瑞希的眼眶灼熱。確定事情都如自己所想的發展，鬆了一口氣的同時，寂寞的心情也湧上心頭。

已經不能再跟夏帆單獨看煙火了。

夏帆對瑞希說：

「可是……我們剛才分手了。」

「什麼！」

瑞希忍不住驚呼。

「分、分手了？」

等一下，這是怎麼回事？

瑞希語速急促地慌張問道：

「為什麼要分手？交往得好好的為什麼要分手？而且還是剛才……」

「你先別急，聽我說。」

夏帆伸出手指，抵在瑞希的唇瓣上，惡作劇地笑了。瑞希閉上嘴巴，聽話地看著夏帆。

「四年前，你突然不見以後，情況變得好複雜。真正的千尋哥出現時，我也險些精神錯亂。不過，我其實也隱約察覺到了。」

「察覺到什麼……」
「剛才那個人或許不是千尋哥，說不定是瑞希。」
瑞希一臉茫然，夏帆又笑了。
「而且千尋哥也發現了。」
「發現什麼？」
「煙火大會那天，雖然只有一瞬間，你們不是擦身而過嗎？光是那樣，千尋哥就發現了。兄弟之情真的好神奇啊。啊，還是因為是千尋哥，所以才這麼厲害。」
「怎麼可能……」
只一瞬間，千尋就知道他是誰嗎？
瑞希抱頭苦思的耳朵裡傳來夏帆的聲音：
「可是從此以後，瑞希再也沒有出現過了……但我一直忘不了那年夏天煙火大會見到的瑞希。有一天，我突然想起來了。」
夏帆緬懷地瞇細了雙眼。
「池田老師在這裡告訴過我們，關於穿越時空的事。」
這樣啊，夏帆也想起來啦。

「所以我和千尋哥一起去找池田老師，逼問他。於是他一五一十地告訴我們了。瑞希為了救我和千尋哥，回到過去的事。」

瑞希抓了抓濕漉漉的頭髮。

全部穿幫了……真是太糗了。

但夏帆告訴瑞希：

「我很高興……非常高興。」

瑞希不聲不響地揚起臉，與夏帆目光交會。自己窩囊又難為情的模樣倒映在她眼裡。

但就算是窩囊又難為情的自己，也能改變過去，為未來帶來光明。

「池田老師告訴我們，瑞希改變了過去。這件事當然不能公諸於世，最好也不要再繼續改變過去。所以我甚至沒告訴四年前的瑞希，決定在他面前表現得跟平常一樣。直到四年後再見到那年夏天的瑞希為止。」

夏帆接著對一頭霧水的瑞希說：

「我告訴千尋哥我的決定後，千尋哥問我要不要假裝跟他談戀愛。」

「假裝跟他談戀愛？」

夏帆點點頭。

「他問我，如果現在的瑞希向我告白怎麼辦？問我有辦法拒絕嗎？而且長達四年的時間，也難保沒有其他男生追我。」

千尋這樣對夏帆說？

「所以這四年來，妳假裝和千尋談戀愛？」

「嗯。雖說假裝成男女朋友，但是在一起的時間其實很少。可能不太像真正的情侶。」

也就是說，另一個「我」這四年來都以為他們在交往。

瑞希突然覺得很抱歉。對自己產生罪惡感或許是一件很詭異的事，但是他這輩子大概都得抱著這種複雜的心情活下去了。說不定這就是池田老師口中「改變過去的代價」。

「然後就在剛才，我和千尋哥分手了。」

四周響起煙火的爆炸聲。夏帆凝望著瑞希，臉龐染上嬌豔的紅色。

「我一直在等。等著這一天，在這裡，與瑞希重逢。」

「夏帆……」

夏帆從包包裡拿出一個小紙袋。

「這是要給瑞希的。」

「什麼……」

他認得那個袋子，是那家購物中心的雜貨店紙袋。

裡頭肯定是彈珠的手機吊飾。據說買來送給重視的人，那個人一輩子都能過得幸福快樂……

「當然，我也給了千尋哥一個喔，在煙火大會的隔天。因為我也希望千尋哥能得到幸福。」

夏帆在那之後也確實交給千尋本人了。

「我很喜歡千尋哥。」

我最喜歡千尋哥了。

瑞希想起在老家找到的夏帆寫給千尋的信，信上夏帆圓潤的筆跡。

「但那只是對於青梅竹馬大哥哥的仰慕之情。我還有其他在意的人。」

與夏帆四目相交，瑞希有點害臊。

「那天我也買了瑞希的份喔。可是我沒有給四年前的瑞希。四年來，我一直小心翼翼地收著。」

夏帆淘氣地笑著說，把袋子遞給瑞希。
「這次你願意收下了吧？」
夏帆含羞帶怯地側著頭問道，煙火照亮她的臉。
瑞希也一直在等待。等著有朝一日，能像這樣與夏帆面對面地直視彼此。
「那當然。」
瑞希輕輕地伸出手，接過夏帆手中的袋子。
「謝謝妳，夏帆。」
夏帆靜靜頷首之後說：
「你打開來看看嘛。」
瑞希也點點頭，打開袋子。裡頭是他昨天才看到的玻璃彈珠手機吊飾，簡直像是透明的水中。
而且這個手機吊飾四年來皆由夏帆小心翼翼地留著，只為了今晚在這裡親手交給自己。
「希望瑞希能得到幸福。」
夏帆的祝福被煙火巨大的聲響蓋過了。瑞希執起夏帆的手，緊緊地握住。
「妳也願意……聽聽我的心願嗎？」

夏帆難掩困惑地點頭。瑞希仰望滿天煙火的夜空，說出一直放在心裡的話：
「我希望夏帆永遠都能保持笑容。」
用力地握緊夏帆的手。
「希望明年和後年……都能和夏帆一起看煙火。」
夏帆也在瑞希身旁仰望夜空，回握瑞希的手。
「明年也一起來這裡看煙火吧，瑞希。」
夏帆說道，瑞希點頭附和。
最後一發煙火打上夜空。金色的光芒從空中灑落，照亮游泳池的水面，美不勝收。
瑞希和夏帆一起欣賞那天晚上獨自在這裡看的煙火。

「什麼，池田老師已經不住在這裡了？」
煙火大會結束後，兩人離開游泳池，踏上歸途。手牽得緊緊的。
瑞希的衣服濕答答，但是拜陰暗的鄉間小路所賜，誰也沒留意到他。
「嗯。瑞希回到未來以後，老師沒多久就辭去教職，離開這裡了。後來傳了一陣子，說他去找以前的女朋友。」

「啊……」

說不定是因為瑞希在那邊搧風點火。

老師也為了改變未來而採取行動。

「那老師現在好嗎？」

夏帆笑著回答：

「聽說和女朋友結婚了，我還收到婚禮的照片和老師寫的信。」

「欸，真的假的？」

「當然是真的，老師看起來很幸福喔。」

那就好，池田老師能得到幸福真是太好了。

「對了，這也得交給你才行。」

夏帆又從包包裡拿出一樣東西。

「這是給瑞希的。」

「這是什麼？」

「和給我的信一起寄來。」

瑞希停下腳步，接過對摺的信箋。走到路燈下，就著昏暗的燈光閱讀池田的文字。

我告訴夏帆同學和千尋同學，你穿越時空的事了。我可能不小心說得太多，對不起。但也托你的福，夏帆同學和千尋同學，還有我……我們都能保持笑容。真的非常感謝你為我們帶來幸福。

胸口一陣灼熱。

「都是拜瑞希所賜喔。」

耳邊傳來夏帆的聲音，瑞希往旁邊看。

「多虧瑞希，老師決定再見女朋友一面。瑞希也改變了老師，真的很了不起喔。」

「沒這回事……」

瑞希不好意思地別過臉。

真要說的話，他給老師添了很多麻煩。

「啊！」

這時，瑞希想起一件事。他向池田借了好多錢。明明約好四年後笑著再相見，池田卻已經不在這裡了……

「夏帆，妳知道池田老師現在住在哪裡嗎？」
「信封上有地址……」
「下次可以借我看嗎？」
「可以啊……你要去找老師嗎？」
「嗯，我想去。也想向老師道謝。」
瑞希稍微想了想，又問夏帆：
「夏帆要不要也一起去？」
他想讓老師看到他們充滿活力的樣子。
只見夏帆眉開眼笑地回答：
「可以是可以……但老師住在美國喔。」
「什麼？他出國了！」
「如果瑞希要幫我出機票錢，我也不是不能陪你去……」
夏帆笑得合不攏嘴。光是看到她的笑容，瑞希就覺得好開心。
「你再慢慢想好了……岔開一下話題，我在游泳池畔撿到這個。」
夏帆拿出一根木棍給瑞希看。
「啊，那是……」

是再來一枝的冰棒，肯定是瑞希穿越時空前吃的那根。

可是從那一刻起，未來應該已經改變了……等等，他也不是很確定，總之這是……

「那是我的！」

夏帆一口氣把木棍拿得遠遠的。

「是我撿到的。」

「但是當初買的人是我。」

「你有什麼證據？」

「我哪有什麼證據啊。」

夏帆看著邊發出「嗯……」的聲音，邊念念有詞的瑞希，又笑開了。

做夢也沒想到，居然還能像這樣與夏帆嘻笑打鬧。

「下次一起拿這根棍子去換冰棒吧？」

夏帆的提議令瑞希想起那家小雜貨店的老婆婆。

「夏帆妳……不是在那家店打工嗎？」

「咦，此話怎講？我還是大學生耶。」

「這樣啊。」

老婆婆說過：

「人無法改變過去喔。」

可是，透過那個不可思議的傳說和瑞希採取的行動，不僅改變了過去，也讓未來煥然一新。

而他再也無法穿越時空了。所以他想好好珍惜這個靠自己的力量爭取到的，得之不易的未來。

「好久不見了，有點想念那個老婆婆呢。」

「嗯，我們一起去找她吧。」

「這點倒是很容易辦到。」

不一會兒，懷念的家映入眼簾。耳邊傳來呼喚瑞希的聲音。

「歡迎回來，瑞希。」

「哥！」

聲音的主人是千尋。千尋正看著自己，臉上掛著安穩的微笑。瑞希不由自主地放開夏帆的手，奔向他。伸出雙手，捧著千尋的臉一陣亂揉。

「你還活著……千尋還活著……」

「對呀，我還活著喔。這都是你的功勞。」

抬起頭來，千尋輕輕地把手放在瑞希的頭上。

「謝謝你，瑞希。你真的很努力。」

「哥……」

千尋……那個無所不能、完美無缺的千尋……稱讚我了。

瑞希感到熱淚盈眶，連忙別開臉。

「全部穿幫了，真的好糗呀。」

「哈哈，你收網收得太隨便了。」

聽見千尋令人懷念的笑聲，夏帆也咯咯笑。

瑞希思考了半晌，對千尋說：

「可是這四年來等於是剝奪了哥哥的時間……說不定你本來可以交到真的女朋友……」

「你在說什麼呀……」

千尋雙手扠腰，挺起胸膛說：

「這算得了什麼。而且我想你也知道，我很受歡迎！接下來想要什麼樣的女朋友沒有。」

夏帆爆笑出聲，千尋也哈哈大笑。見兩人笑得樂不可支，瑞希也自然而然地流露笑意。
「四年來，我幫你保護好夏帆了。再來輪到你了。」
千尋拍拍他的肩膀，瑞希應了一聲「嗯」。
但願這次我也能保護好哥哥幫我守護了四年，我最重要的青梅竹馬。
「哎呀，這不是千尋和瑞希……還有夏帆同學嗎？你們碰到一起啦？」
望向聲音的來處，瑞希的父母從黑暗中走出來。
「媽媽……爸爸……」
瑞希奔向他們，父母皆以莫名其妙的表情看著他。
「媽……妳知道我是誰嗎？」
「你在說什麼呀？你當然是瑞希啊。」
啊……太好了。再也不用當千尋的替身了。
再也不用以千尋的身分活下去了。
「你怎麼啦？瑞希，你在哭嗎？」
「我、我沒哭。」
瑞希胡亂揉著眼睛。

母親願意喊他「瑞希」了。與父親恩愛地走在街上。
光是這麼一點小事，瑞希就覺得好高興、好幸福。
「真是個怪孩子。」
「而且你怎麼全身濕透？該不會又跳進河裡了？」
父母傻眼地說。
「你這孩子真是的，媽媽約你看煙火，你說你想自己一個人看，就跑出去了。原來是跟夏帆同學一起啊。」
「那是因為……這個年紀的人，誰會和母親去看煙火啊……不是啦……我的意思是說……」
偷偷望了旁邊一眼，夏帆笑著回答：
「是的，我和瑞希同學一起看了煙火。」
「煙火很美吧。」
「對呀，好美啊。」
「那就好，回家吃飯吧。媽媽捲起袖子，做了炸蝦和漢堡排喔。夏帆同學也一起來吧。」
「好啊，那我就去打擾了。」

夏帆說完，觀察瑞希的表情，俏皮地說：
「瑞希真的好愛哭啊。」
「少囉嗦，要妳管！這是喜悅的淚水。」
不過，今天是最後一次哭了。
從明天起，自己要抬頭挺胸地在這個世界活下去。
在這個千尋和父母，還有夏帆都喜笑顏開的世界活下去。
「那麼就一起回家吧。」
父親說道，母親和千尋有說有笑地跟上去。
走在後面的夏帆緊握住瑞希的手。
「謝謝你，瑞希。謝謝你給了我們美好的未來。」
他最喜歡夏帆的笑容了，如今如花朵般在眼前綻放。
瑞希也露出笑容，用力地回握夏帆的手。

尾聲

棒球社的人用金屬球棒擊球的聲音響徹國中的操場，瑞希一面聽著那個聲音，獨自走向游泳池畔。

盛夏的艷陽灑落在藍色的游泳池上，映照出天空的顏色。悶熱的風與嘈雜的蟬鳴聲……

這裡與瑞希國中游泳的時候一模一樣。

刺眼的陽光令他瞇細雙眼，凝視游泳池的水面，唯一的游泳社社員正準備游上岸。

「海斗！」

瑞希呼喚他的名字，奔向對方。從水裡爬上岸的男學生毫不掩飾地板起臉，瞪著瑞希。

「你來做什麼啦。」

「做什麼……」

瑞希拿出水藍色的冰棒給名叫海斗的學生看。

「我想跟海斗一起吃冰。」

「呿！」海斗在微微笑的瑞希面前別開臉。

「該不會是因為我在上次的比賽中慘敗，想要安慰我吧？」

「怎麼會是慘敗呢？你不是第三名嗎？我最好的成績也只有第四名，你已經很厲害了。」

「哪裡厲害了，連那些雜魚般的對手都贏不了，不如別比了。」

海斗粗魯地拿起掛在護欄上的毛巾。

「就是因為你一點鬥志也沒有，我才一直無法獲勝吧？」

「啊，難不成是我的錯？」

「沒錯！都是你的錯！」

海斗不可一世地指著瑞希說，隨後別開臉，喃喃自語：

「不過就算在這種窮鄉僻壤拿下第一名，也沒什麼好驕傲的。」

海斗深深嘆息，靠著護欄坐在地上。瑞希也在他旁邊坐下，遞出冰棒。

「先吃吧，快融化了。」

海斗繃著一張臉，從瑞希手中搶過冰棒，撕開袋子，拿出蘇打口味的冰棒，一口咬下。

瑞希看了他的側臉一眼，開始吃自己的冰棒。這種水水的蘇打口味也跟當時一模一樣。

望著沒有其他人的游泳池，兩人吃著冰棒時，空中升起只聞其聲、不見其形的煙火。

「海斗不去看煙火嗎？」

「不去啊。誰要去看煙火啊，無聊死了。」

海斗沒好氣地回答。盯著逐漸染上暮色的天空回答。

「無聊啊……」

游泳池對面可以看見翠綠的山林。那是瑞希從小看到大，早就已經看膩的風景。

「我要在這麼無聊的鄉下地方，度過無聊的一生嗎……」

「海斗不想離開這個小鎮嗎？」

瑞希問道，海斗滿臉怒容地轉過頭來。

「想離開也離不開啊！因為我一生下來就注定要在這個無聊得要死的小鎮繼承我爸的店了！」

「可是如果你真想離開，我認為人生是可以改變的。」

「不可能啦。」

「怎麼會不可能。你只是沒有自信吧？沒有告訴令尊你心裡在想什麼，沒有靠自己活下去的自信。」

「要、要你管！」

海斗氣沖沖地別開臉。瑞希對著他的側臉喃喃低語：

「你很努力喔。」

海斗把臉轉到別的方向，一言不發。

「我都看在眼裡。」

「少、少囉嗦！既然如此，就帶點更豪華的東西來慰勞我啊！而不是只有一根冰棒。你是游泳社的顧問吧！」

「那……」

瑞希直視海斗面向自己的雙眼，對他說：

「那我就告訴你一個特別的祕密吧。」

「什麼？」

「因為是特別的祕密，絕對不可以告訴任何人喔。」

瑞希把臉湊近，壓低音量說，海斗緊張地吞了吞口水。
「什麼祕密啦。別賣關子了，快告訴我。」
海斗明顯表現出好奇寶寶的模樣，瑞希告訴他，以前自己在這裡聽前任游泳社顧問說的話。
「哇哈哈哈！」
聽完瑞希說的話，海斗不可置信地捧腹大笑。
「什麼？跳進這座游泳池就能穿越時空？別胡說八道了！」
瑞希在笑得前俯後仰的海斗旁邊叮嚀：
「剛才我說的話絕不能告訴別人喔！因為如果大家都抱著好玩的心態改變過去，這個世界會變得亂七八糟。」
「那你為什麼要告訴我？」
「因為我認為海斗不會做這種蠢事。」
海斗頓時收起笑意，看著瑞希。
「因為我覺得……海斗跟我有點像。」
「啥咪？我哪裡像老師了。而且誰會相信這種鬼話啊！」
「你不相信也沒關係。」

瑞希笑著對海斗說。

「如果有一天，你無論如何都想回到過去，再想起我說的話就行了。」

海斗默不作聲地凝視瑞希的臉，「哼！」了一聲又把臉別開。然後把「銘謝惠顧」的木棍塞進瑞希手裡，丟下一句「多謝招待！」站起來。

「我要回去了。」

「好啊，辛苦了。你明天還會來游泳吧？」

「不知道，看心情。」

說是這麼說，但海斗明天還是會來吧。儘管痛苦，仍掙扎著尋找自己的容身之處。

蔚藍的天空曾幾何時染上了橘紅色。確認自己吃的冰棒也是「銘謝惠顧」後，瑞希也站起來。

「喂——瑞希老師！」

抬起頭來，海斗在游泳池畔的角落朝他大喊。

「你女朋友來了！」

夏帆站在海斗旁邊。

盤起長髮，穿著深藍色的布料上繪著牽牛花圖案的浴衣。

「真受不了，別把學校的游泳池當成約會的場所啦！」

見海斗不住抱怨，夏帆笑得花枝亂顫。

「辛苦了，海斗同學。」

「妳好。接下來要跟老師看煙火嗎？」

「嗯。」

「祝你們幸福。」

海斗與夏帆揮手道別，回家去了。目送他的背影離去，瑞希奔向夏帆。

「海斗同學每天都很努力呢。」

夏帆露出緬懷的表情。

「那孩子跟你很像吧？」

「哪裡像了。我的嘴巴才沒有那麼壞，也沒有那麼臭屁。」

瑞希想了一下，喃喃自語。

「不過……總覺得不能放著他不管。」

「加油，瑞希老師。我支持你。」

夏帆拍拍瑞希的肩膀。瑞希笑著對夏帆說：

「煙火大會就快開始了。」
「嗯。」
夏帆在瑞希面前嫣然一笑。
「今年也能跟瑞希一起看煙火真是太好了。」
夏帆的話令他胸口一緊。
「我也是……」
今年也能跟夏帆一起看煙火真是太好了。
「你也是什麼？」
「沒……什麼也沒有。」
「什麼嘛，話說一半最討厭了！要說就說完嘛！」
「吵、吵死了。都說沒什麼了！」
「啊，你有事瞞著我！給我說清楚！」
今年也能這樣與夏帆打打鬧鬧，真是太幸福了。
煙火升上變暗的天空。
游泳池晃晃蕩蕩的水面倒映出五顏六色的煙火。
照亮了夏帆仰望夜空的側臉。

一定要好好珍惜靠自己的力量爭取到的現在，以及接下來兩個人一起創造的未來。

瑞希站在夏帆身邊，一面仰望煙火，同時也再次在心裡發誓。

後記

大家好，我是水瀨紗良。
非常感謝出版社幫我出了第二本書。
這都是拜各方大德所賜，真的非常感謝你們。

前一部作品《在櫻花盛開的季節遇見妳》是從冬天發展到春天的故事，這次則是盛夏的故事。
決定要寫「夏天的故事」時，最早浮現在我腦海的就是煙火。
說到我故鄉的煙火，當屬在海邊舉行的海上煙火大會。
小時候在沙灘上看到震撼力十足的煙火，令我永生難忘。
打上夜空的煙火當然很美，但我也非常喜歡染成五顏六色的海面。
思考劇情的時候，舞台變成游泳池而非大海，在寫作的過程中，腦海中一直浮現出倒映在水面上的煙火。

再加上「要是能回到過去就好了」這種每個人至少都想過一次的願望（至少永遠都在後悔的我無數次想回到過去），完成了這個故事。

希望各位能一面回想殘留在內心深處的煙火畫面，與瑞希共同經歷這個夏天不可思議的體驗與成長。

最後請容我在這裡向各位致上誠摯的謝意。

一直以來受到責任編輯佐藤老師相當多的關照。這次也寫出非常樂在其中的作品，真的非常感謝！

還有繼上一部作品，這次也負責封面繪圖的Fly老師。真的非常感謝妳畫出這麼迷人，讓我忍不住看得出神的插圖。

還有包括MICRO MAGAZINE出版社的各位同仁在內，非常感謝所有協助本書問世的人。以及現在正讀到這篇後記的各位讀者，請容我致上由衷的感謝之意。

期待有朝一日還有機會再相見。

二〇二三年七月

水瀨紗良

在煙花綻放
的季節守護妳

國家圖書館出版品預行編目資料

在煙花綻放的季節守護妳/ 水瀨紗良 著；緋華璃 譯. -- 初版. -- 臺北市：平裝本出版有限公司, 2025. 07
272面；21×14.8公分. -- (平裝本叢書；第0565種)(@小說；67)
譯自：水面の花火と君の嘘
ISBN 978-626-99500-4-1 (平裝)

861.57　　114007926

平裝本叢書第0565種
@小說叢書67

在煙花綻放的季節守護妳

水面の花火と君の嘘

作　　者—水瀨紗良
譯　　者—緋華璃
發 行 人—平　雲
出版發行—平裝本出版有限公司
台北市敦化北路120巷50號
電話◎02-27168888
郵撥帳號◎18420815號
皇冠出版社（香港）有限公司
香港銅鑼灣道180號百樂商業中心
19字樓1903室
電話◎2529-1778　傳真◎2527-0904
總 編 輯—許婷婷
責任編輯—林鈺芩、陳思宇
美術設計—嚴昱琳
行銷企劃—謝乙甄
著作完成日期—2023年
初版一刷日期—2025年7月

法律顧問—王惠光律師

讀者服務傳真專線◎02-27150507
電腦編號◎435067
ISBN◎978-626-99500-4-1
Printed in Taiwan
本書定價◎新台幣320元/港幣107元